「奥さんのこと、大事に思ってて心を入れ替えるって誓うなら、助けてやらないでもない。これでも一応うちの大切な常連さんだしね。しょげ顔の滝田じいにこれから毎日店に来られると思うと、それはそれで嫌だし」

「誓う誓う。もうね、いくらでも誓っちゃう。で、なにか案があるのかね？」

俺は前のめりになってプリンアラモードと対峙《たいじ》中の雫ちゃんに訊ねた。

「あんま顔近づけないで。口臭い」

「おう、すまん」

「正直、奥さんに嘘をつくのは気が引けるけど。でもか[illegible]事実は、わたし以外に話してないんでしょ？」

「ああ、そうだ」

「滝田じいは、そのかんざしの外見とかよく覚えてる？[illegible]いけど」

「商品は全て売り場に出すときにポラロイドカメラで撮[illegible]から、探せばある」

「じゃあ、その写真と同じものか、よく似てるのを探せ[illegible]それを滝田じいが購入する。そんで、それを奥さんに家のどっかに落ち[illegible]で渡す。もしくは、実は不注意で壊してしまったから、お詫《わ》びに似たものを買ったから許してほしいって謝る。うん、こっちのほうが謝罪もできる分、しっくりくる気がする」

「そうは言っても、そうそう手に入るようなかんざしじゃないんだよ？」

なんだ、似たようなアイデアだったら俺だってとうに考えたさ。だが、そう上手く見つかったら苦労はないのだ。

「ネットがあるじゃん」

「え？　インターネットってやつは、そんなこともできるのか？」

「それこそ日本中を探すには一番手っ取り早いよ。そうだ、ちょうどトルンカのＳＮＳのアカウントを先月作ったんだった。ここで情報を募ってもいいかも」

アカイ……ウンコ？　さっぱり意味がわからん。しかし、この危機を回避できれば、この際なんだっていい！

俺はクリームソーダを飲み干した雫ちゃんに、お願いします、と必死に手を合わせた。


雫ちゃんはバイトの宇津井《うつい》君が来る二時まではトルンカの手伝いをしなければならないとのことで、その間に俺は、家に戻ってかんざしの写真を探して取ってくることにした。

「って言ってもなあ」

トルンカを出て、腕時計で時間を確認して困り果てた。まだ十時半になったところなの

徳間文庫

純喫茶トルンカ

最高の一杯

八木沢里志

徳間書店

目次

眉雪の後悔

朝、鏡の中に映る顔を見て、むむっと思った。

禿《は》げ上がった頭に、真っ白い眉《まゆ》をしたじいさん。いかにも気難しそうに眉間《みけん》に皺《しわ》を寄せて、楽しいことなんてなにもないって感じに仏頂面《ぶっちょうづら》をしてやがる。

もしこんなのが前を歩いてきたら、俺なら絶対避《さ》けて通るね。陰気で因縁とかつけてきそうだし。なんだっけ？　そう、老害っていうんだ。

俺は寝起きのぼんやりした頭で、鏡の男を見つめて頬をゴシゴシと擦《こす》る。男も同じように頬を擦る。む？　おい、真似するな。

いや、違うぞ。これ、俺か。

寝起きの夢と現実がごっちゃの頭は、自分の顔を認識していない。その素直な感想が出た……らしい。久しぶりに鏡をうっかり覗《のぞ》いたばっかりに、見たくない現実と目が合ってしまった。

滝田誠司《たきたせいじ》。七十四歳。生まれも育ちも東京の谷中《やなか》。骨董品店経営《こっとう》。しかし家から歩いて五分の距離にあるその店舗は、もう長いこと開店休業状態で、商品には埃《ほこり》がうっすら積もっている。年金が我が家の生命線。一人息子はとうに家を出て、妻と二人暮らしをもう二十年近く続けている。

頭の毛がさみしいのは、まだいい。帽子で隠せるし。どっちかと言うと、このだらしなく伸びた眉毛の白髪が気になる。そういや、昔の言い回しだと、年寄りのことを眉雪っていうんだっけ。昔の人はうまいこと言ったもんだ。だって俺の眉はまさに雪が積もったように真っ白い。

ふう、やれやれ。

朝からまったく気分が萎《な》えるね。ああ、若い連中だったらテンションが下がるっていうのか。いつも行く喫茶店——純喫茶トルンカの看板娘の雫《しずく》ちゃんなんかはしょっちゅう、「テンションがダダ下がる〜」とか言ってるな。ダダ下がるってなんだよ。ただ下がるだけじゃないのか。マスターはそういう軽薄な言葉遣いが大嫌いなので、その度にカウンターの中のただでさえいかつい顔が、苦瓜でも食べたみたいにさらに険《けわ》しくなる。

いや、そんなことはいいんだ。俺は途中だった洗顔を乱暴に済ませ、居間に行くと所々破けた合皮のソファにどっかり座り、テーブルの上のリモコンでテレビをつける。

部屋の中がどうも埃っぽくて、喉がいがいがする。照子《てるこ》が——妻が掃除をさぼってるに違いない。

「おい、コーヒーくれ」

どこかにいるはずの照子に、俺は声をかける。もうとっくに起きているはず。だが、返事はない。仕方なく、台所に向かってもう一度今度は大きめな声で言う。

「おい、コーヒー！」

階段を降りてくる足音がして、つと顔を向けると、照子が着物姿で現れた。藤色で裾に牡丹《ぼたん》をあしらったものに薄ピンク色の帯を合わせ、水色のレースの羽織を羽織っている。いわゆる、よそ行きの姿だ。

「なんだ、出かけるのか」

「そうですよ」

庭に面した窓の外は、見事な五月《さつき》晴れ。ピーカンと言いたいところだが、雫ちゃんに前に言ったら伝わらなかった苦い思い出がある。

「こんな早くにどこへだ？」

妻は呆《あき》れた表情でこっちを見る。

「昨日、言ったじゃありませんか。お茶の先生のところにひ孫が生まれたから、今日はお祝いの会があるって。それに早いってもう九時すぎですよ。あなたが起きるのが遅いのよ」

俺は壁の掛け時計を確認する。年寄りは早起きになると言うが、あれはどうも俺には当てはまらないらしい。寝るのも遅いし起きるのも遅い。もうすっかり癖《くせ》になってしまっていて、早寝早起きの照子とは生活に微妙なズレが出る。まともに顔を合わせない日もしょっちゅうだ。当然、寝室も別。

「まあ、それはいいや。それよりコーヒー淹《い》れてくれ」

照子が正気を疑うような顔でこっちを見る。

「私、これから出かけるんですよ。この格好、見ておわかりになりませんか？」

おお、敬語なのがおっかないな。

「コーヒーくらい淹れる時間あるだろう」

「くらい？　ならコーヒーくらいご自分で淹れればいいじゃないですか。私のこと、使用人とでも思ってるんですか？」

まずい、あからさまに不機嫌。一言二言《ひとことふたこと》交わしただけで、妻の逆鱗《げきりん》に触れてしまう俺。

こういうときは話題を急転換するに限る。

「で、今日は何時に帰るんだ？」

「暗くなる前には」

「そうか。うん、なんだ、まあ気をつけろ」

妻はなんの反応もせずくるりと踵《きびす》を返すと、そのまま玄関まで出ようとする。が、居間と玄関の仕切りで不意に立ち止まり、こっちに再度振り向いた。

「……ねえ、あなた」

照子が逡巡《しゅんじゅん》するように言う。

「あ？　なんだ」

「今日、帰ってから大事な話があるの。だからあなたも早く帰ってちょうだいね」

「は？　なんだ、それ」

俺の問いかけを無視して、照子は他人行儀に小さくお辞儀をひとつして背を向ける。俺が困惑しているのをよそに、ガラガラと引き戸が開く音がして、そのまま出ていった。

大事な話？　なんだそれは。

照子がそんな妙な前置きをしてなにかを話したという記憶がない。息子を授かったときも、義父に八百万の借金が発覚して親族間で大騒ぎになったときも、前置きなどなく俺に伝えてきた。

なんだ、突然なにがあった？

寝起きだった俺は、突然バケツで水をぶっかけられた気分で、一気に目が覚めたのだった。

どうにも家にいるのが落ち着かなくて、トレードマークのハンチング帽を被《かぶ》りジャンパーを着て、すぐに外に出た。焼け野原のような頭頂部を隠すためにも、十年ほど前から帽子は欠かせない。

目指すは、谷中銀座商店街の賑《にぎ》やかな通りの中ほどにある、細い路地。

大人ひとりがやっと通れるその路地の終点に、チョコレート色の三角屋根を頭にのせた古い木造一軒家が建っている。建物の側面はびっしりと蔓《つる》に覆《おお》われていて、なかなか風情がある。

一見普通の古い民家のように思えるが、建物の前には小さな黄色い看板が立っていて、茶色の古めかしい書体で〈純喫茶トルンカ〉と書かれている。

カランコロンカラン。

店のドアを開けると、いつものカウベルが小気味いい音を立てる。分厚い木のドアの先は、どこか懐かしさにあふれる淡いオレンジ色の光の世界。

店内に足を一歩踏み入れた途端に押し寄せてくる、芳醇《ほうじゅん》な香り。挽《ひ》き立てのコーヒー豆の香りだ。

うん、たまらないね。この店に通うようになってもう八年ほどになるが、毎回この最初の香りに、ほっとさせられる。

よく寝かせた古い豆の匂い。トルンカは基本的に二年以上寝かせたオールド・ビーンズを使用しているらしい。見た目からしても、通常のコーヒー豆に比べてかなり黒い。放つ香りは濃厚で、どっしりとした重みがある。骨董品屋店主の俺は、時間を経て出てきた良さが誰よりもわかるつもりだ。

「いらっしゃいませ」

カウンター裏に立つマスターの立花《たちばな》さんが俺に気づいて、いつものように声をかけてくる。

「お、おう、マスター」

俺もいつものように軽く手を上げて挨拶する。が、照子の言葉がまだ頭の中で鳴り響いていて、ちょっとぎこちなくなってしまった。

「どうかされました？」

「え？」

「いつもと様子が違う気がしたもので。いや、ただの気のせいでしたね」

「お、おう」

さすが鋭いな、マスターは。思わず一瞬警戒しちまったが、もうクールな営業スマイルに戻っている。いや、この人はね、どうにも観察眼が鋭い感じがするんだよな。ちょっといかつい雰囲気でとっつきにくいけど、只者じゃない雰囲気が全体から滲《にじ》み出てる。聞いた話じゃ、昔は借金取りをやってたって言うけど。こんなおっかない顔の借金取りに訪ねて来られたら、債務者《さいむ》も震え上がるだろうよ。

まあ、いかついのは顔だけでコーヒーを淹れる腕前は一級品。日々研鑽《けんさん》を重ねて、本当にうまいのを淹れてくれる。いい豆だけではダメなのさ。いい腕がないと。

「滝田さんは今日もブレンドでよろしいですか?」

「ああ、頼むよ」

気を取り直して、いつもの一番奥のカウンター席へ。そこからだと店内の様子がよく見える。

スピーカーから静かに流れるショパンのピアノ曲の調べ。吊《つ》りランプのやわらかい光に照らされた壁は重めのレンガ調で、テーブル席のよく使い込まれたワインレッドのソファは艶《つや》やかな丸みを帯びている。壁に三つ並ぶ掃き出し窓はステンドグラス調で、今日みたいによく晴れた日には辺りを青銅色のような光が包み込む。

砂糖入れやナプキン入れも昔ながらの形のもので、そういう細かな部分にも好感が持てる。各テーブルには、昭和の時代の喫茶店ならどこにでも置いてあった、ルーレット式のおみくじ器がすみっこに置いてある。もう今じゃ、よそでは滅多に見かけなくなってしまった代物だ。

マスターが使う道具も、これまたいい。ドリップに使うネルフィルターなんて、扱いが面倒で敬遠する喫茶店も多いらしいが、マスターは愛情込めて使っている。使ったらすぐに氷水に浸しておくのが長持ちさせる秘訣って話だ。

俺はいつものようにマスターがコーヒーを淹れる姿をカウンター越しに眺める。もうずっと眺めてきたから、その工程を目を瞑《つむ》っても追うことができる。

最初にドリップポットを火にかけてから、コーヒー豆を瓶から一杯分だけバットに出す。そして手回しミルで豆を挽き、微粉取りで粉に含まれた微粉を丁寧《ていねい》に取り除く。

そして、ここからが肝心の抽出作業。ドリッパーの上のネルフィルターにコーヒー豆を入れ、ポットからお湯を注いでいく。まずは最初に数滴お湯を垂《た》らす。挽き立ての新鮮な豆は、誰がやっても自然とこんもりと膨《ふく》らむものだが、どういうわけかマスターが注ぐと、まるで手品のように勢いよく膨らむのだ。

しばしの間を置き、ゆっくりとお湯を注いでいく。マスターはピンと背筋を伸ばして、ポットを持った右手でゆっくり円を描く。それをたっぷりと時間をかけて数回繰り返す。その間、右手以外は微動だにしない。

これぞ、本物ってやつだな。

「あ、滝田じい、いらっしゃい」

カウンターの奥から白シャツに黒エプロン姿の雫ちゃんが颯爽《さっそう》と現れて、挨拶してくる。

「おっす。あれ、今日学校はどうした？」

「今日土曜だよ」

「ああ、そうだったか」

「完全に曜日の感覚狂ってるねえ」

「そりゃあ俺、年金暮らしの高齢者だし」

俺が言うと、雫ちゃんはからからと屈託なく笑う。素直でかわいい子なのだ。大きなランドルセルを一生懸命背負っていたころから、このトルンカの看板娘の成長をここで見てきた。この子も、もう今年で高校三年か。時が経《た》つのは本当に早い。きっと、もっと美人で華やかな子だって、探せば世の中にごまんといるんだろうが、こんなに気立てがいい子はそうはいない。俺みたいな爺さんともこうして楽しく笑ってくれるんだから。

俺もこんな孫がほしかったと本気で思う。だが、うちのバカ息子ときたら四十を過ぎてもいまだ仕事も長続きせず、毎日プラプラしてばかりで結婚する様子など微塵《みじん》もない。初孫には一生お目にかかれずに俺の人生は終わりそうだ。

そうこうしているうちに、マスターが俺のブレンドを淹れ終えた。カウンター越しにカップを置いてくれる。

縁ぎりぎりまでなみなみと注がれているコーヒーは、闇夜のように濃い。白い湯気《ゆげ》を放つカップに、そっと手を伸ばす。少しとろみがあるのは、ボディのしっかりしたオールドビーンズをネルドリップで丁寧に抽出した証拠。顔を近づけて空気を吸い込めば、苦味とコクが絶妙に混じった香りが、脳天まで一気に駆け巡《めぐ》ってくる。

とりあえず、一口。最初に感じるのは、たしかな苦味。だが少し意識を舌先に集中させると、その奥にかすかな甘味を感じる。それから口いっぱいに酸味が広がり、飲み下したときには心地いい余韻が口の中に残る。その風味と共に、胃の中にじわりと温かみが広がる。

これだよ。求めていたのは、これ。

「ふう。うまいなあ」

深く息を吐いた。うん、コーヒーで気分もだいぶマシになった。

俺は軽く頭を振って、ようやく目の前の現実を直視する。

熟年夫婦の妻のほうが、ある日突然、「大事な話がある」とひどく真剣な表情で切り出してくる。いままでそんなことなど言ったことなかった、どちらかといえばお淑《しと》やかで物静かな妻が。かたや鏡を見て、その老いぼれ加減に本人ですら絶句してしまうような夫。生業《なりわい》にしていた骨董品屋への情熱も失って、毎日うだうだと生きている。さて、四十年間、寡黙に連れ添った妻が口にするのは――。

「やっぱあれか。リコンか？　離婚話なのか？」

その単語が浮かんだ瞬間、思わずカウンター席に顔を伏せた。

うおおお。それは嫌だ。離婚は嫌だ。この年でそんな大変なことしたくない！

いまさらひとりになって、どうやって暮らしていく？　口じゃ味についてどうのこうの言ってるが、実際は飯を炊くどころかコーヒー一杯さえ淹れられないような人間が？　それに、息子にだってどう説明すりゃいいんだ。財産分与とかどうすりゃいい？　嫌だ、この年になってあれこれ頭を回したり、話し合ったりなんてめんどくさすぎる。なにより、体裁が非常に悪い。

「ちょっと滝田じい、大丈夫？」

お冷を注《つ》ぎ足しに来た雫ちゃんが、ひとり悶絶《もんぜつ》する俺を見て心配そうに訊《たず》ねてくる。

「なんかリコンがどうのって聞こえた気が……」

しばらく無言でじっと見つめ合った。

「ごめん、聞かなかったことにする！」

そそくさとその場を去ろうとする雫ちゃんを、俺はすがるような目で見た。

「滝田じい、大丈夫？……えっと、わたしでよければ話聞くけど？」

俺はうんうんと頷《うなず》いた。

「……じゃあちょっと、テーブル席のほうで話そっか」

俺はもう一度、うんうんと頷いた。


「えーと。つまり、今朝、滝田じいは奥さんに『大事な話がある』と言われて、それが離婚話だと思ってベソかいてたってこと？」

目立たないように一番奥のテーブル席に移動して、前屈みで顔を近づけて話す俺と雫ちゃん。さぞ怪しいとは思うが、かまっている余裕はない。

「ああ、まあ……。でも、ベソはかいてないよ？」

一応反論してみるが、雫ちゃんは取り合わない。

「そっかあ。そもそも滝田じいって、奥さん、いたんだ？」

「ん？　ああ、いるよ？　息子もひとりいるし。話したことなかったっけ？」

「家族がいるみたいなことは聞いたことあるけど、詳しくは知らなかった。お父さんは滝田じいの奥さんに会ったことあるの？」

「いや、ないな。この店に連れてきたことは一度もない」

「よく考えたら、滝田じいって謎だねえ。謎の男といえば一番は沼田《ぬまた》さんだけど、最近じゃけっこう普通に自分のこと話すし。滝田じいのほうがいつも人の話をまぜっ返すばっかりで、自分の話しないよね」

まぜっ返すって、おい、なんか言い方悪いな。せめて盛り上げ役と言ってほしい。まあ、たしかに俺はこの店で自分の家族の話をしたことはなかったかもしれない。別に避けていたと言うわけでもないが、なにしろここは、俺にとって秘密の隠れ家みたいなもんだ。そんな場所で、家族の話、ましてや女房の話なんてしたいと思うわけない。

もちろんマスターに訊《き》かれたこともない。マスターはお客に詮索するような質問をするタイプではないのだ。

と、雫ちゃんが「でもさあ」と首を捻《ひね》る。

「それ、本当に離婚の話なの？　滝田じいが勝手にそう思ってるだけだよね。案外、ぜんぜん違う話かもしれないのに。つまりさ、そう思うってことは、滝田じいのほうになにかやましいことがあるからでしょ？」

痛いところを突かれて、口ごもってしまう。案外鋭いな、雫ちゃん……。

確かにそうだ。やましいことがなければ、たとえばそれこそ息子の結婚が決まったとか、なにか違う理由がパッと浮かんだかもしれん。無意識でも、それだけ俺にやましい気持ちがあるってことか。

「あー」

俺は天井を見上げて間抜けな声を出す。おそらく、あれがバレたんだよなあ。

実は、さっきからある出来事が頭の片隅に浮かんでいる。たぶん、あれだよなあ。

そう、今朝にヒントはちゃんとあったのだ。照子は和装をしていたじゃないか。気づかないはずがない。いや、もうずっと前にとっくに気づいていたって可能性だってある。

思わず顔を両手で覆う俺に、雫ちゃんが「やっぱりあるんだ」と呆れたように言う。

「まあ、俺もこの件に関しては反省しているし、長年、心の中で燻《くすぶ》ってはいたんだよ？」

「言い訳はいいから、なんなの？」

「つまり……かんざしだと思う」

「かんざし？」

雫ちゃんがキョトンとした顔で聞き返す。

「そう、女の人が着物を着るときに髪につける、あれだよ」

「知ってるよ。わたしが訊いてんのは、それが奥さんとの離婚話にどう関係してるのかってことだよ」

「女房が俺のところに嫁いでくるときの嫁入り道具のひとつに、椿《つばき》模様のかんざしがあったんだ。たしか母方の祖母の形見だって言ってたな。あいつはそれをとても大切にしていて、和装するときは必ず着けるぐらいで」

「へえ」

「それがまあ、本漆の純金蒔絵《まきえ》で作られた実に質のいいもんだったんだよ。おそらく大正時代の名匠の手による一点もの。俺はほら、これでも骨董品屋だからね。目利きには自信があるわけさ。だからまあ、その価値も一目でわかっちゃうわけでさ」

蒔絵ってのは、漆工芸の加飾技法のひとつ。漆で絵や文様を描き、漆が固まらないうちに金粉なんかを蒔《ま》いて表面に付着させ装飾を行う。そのかんざしは、漆黒に椿の鮮やかな赤が実によく映えていたものだ。

「蘊蓄《うんちく》はいいから。で？」

「うん……それを、少し前に自分の店の商品として売っちまった」

「え？　なんで？　自分のお店の商品と間違って売っちゃったってこと？」

俺は首を横に振った。もしそうだったら、こんなにやましい思いをしないで済むだろうに。

「そうじゃないんだ。どうしても直近で金が欲しかったときがあったんだ。そのときに、うちでなんでも売れそうなものを店に並べて、売っ払おうとしたんだよ。ちょっとした気の迷いだったが、そのかんざしだけはあっという間に売れちまってね。もう気がついたときには手元になかった」

正気に戻ってから、本当に全身から血の気が引いた。こんなことがバレたらただじゃ済まないと思った。おとなしくてお淑やかな妻でも怒り狂うに決まっている。

俺は数日間、とんでもない悪戯《いたずら》をしでかして露呈《ろてい》するのを恐れる子どものような気分だった。ガキだったころ、茶の間に飾ってあった大事な祖父の花瓶を割ってしまい、大慌てで米粒で引っ付けてなにもなかったかのように元に戻したことがある。もちろん、すぐにバレた。折檻《せっかん》され、三日間飯抜きにされたのはつらかったが、どこかでほっとしてもいた。いつ悪事が露呈するかとビクビクしながら生活していたそれまでの時間のほうが、よほど精神的にきつかったのだ。

そう、当時の俺は、あのときとまったく同じ心境で、妻に全てが露呈するのを待っていたのだ。

ところが、三日、一週間と経っても、妻はなにも言う素振りを見せない。まあ着物を着る機会はせいぜいお茶の集まりくらいで、月に一回あるかどうかというところではあった。だが、着物を着る機会があった翌日でさえ、やはり妻からはなにも言われなかった。

最初こそ、おどおどしていた俺だが、ひと月も過ぎるとだんだんいつもの調子を取り戻した。嫁入り道具として家に持ってきたのは、もう半世紀近くも前だし、実は妻もそこまで大事にしていなかったのだろう、と楽観的に思うようになった。

……それがおそらく、二年前くらい。最近じゃすっかり時間の感覚が麻痺しているので、断言はできんが、まあそのくらいだと思う。

「……それで、それはいくらで売れたの？」

「確か、五万円の値段をつけてたかな。けっこうふっかけたつもりだったんだがね。あっさり売れてびっくりした」

「五万ってすごい額だねえ。で、そのお金はどうしたの？」

うっ。そこが俺が一番後ろ暗い思いを抱えているところなのだ。取り調べを受ける容疑者ってこんな気分なんだろうか。ハンチング帽の下で、冷や汗が止まらない。

「……パチンコ」

「え？」

「パチンコにハマっちまってたときでさ。その金欲しさに売ったんだよなあ。もう生活費とかもちょこちょこ使い込んでて、そのころは本当にどうかしてたんだよ。あ、でもあれだよ？　別に借金こさえたわけじゃないんだ。俺ってほら、割と勝負運があるから、なんだかんで大負けは滅多にしないわけよ」

おお、なんだ。さっきまで険しい顔だった雫ちゃんが無表情になっているな。うん、表情のコロコロ変わる子の無表情って、一番怖いな。

が、その眉間に深い縦皺が広がっていく。

「……最っ低！　滝田じい！」

雫ちゃんはやり場のない怒りからか、「お父さん、プリンアラモードとクリームソーダ、あとガトーショコラ、ちょうだい！」とカウンターの中のマスターに叫ぶ。

「会計は滝田じいで！」

「そ、そんなに食べたら腹壊すんじゃないかい？」

ジロリと睨《にら》まれて、俺は肩を小さくするしかない。

「奥さん、かわいそう」

う。そんな悲しげな声で言わないでおくれ。胸が痛いじゃないか……。

マスターが不可解そうに注文したものを運んできた。「あのう、滝田さん、本当にいいんですか？」と訊くので、「雫ちゃんは孫みたいなもんだから、なんだか無性に甘やかしてやりたくなってねえ！」と苦しい言い訳で追い返した。

「なあ、雫ちゃん……」

「なんですか？　えっと、滝田さん、でしたっけ？」

「急によそよそしくなるの、やめとくれよお」

はあ、と雫ちゃんは口の端にたっぷり生クリームをつけたまま、ため息をつく。

「それはもうしょうがないよ。大人しく離婚しなよ、滝田じい」

「いや、待ってくれ。まだ妻が本当にその件で離婚を決めたとは限らないじゃないか」

「でも本人が一番わかってるじゃん。もう観念したら？」

「離婚は嫌だ！　この年になってそんなこと大変じゃないか」

雫ちゃんはガトーショコラをもぐもぐしながら、呆れた表情でソファの背にもたれた。

「大変だから離婚は嫌って、それだけなの？　奥さんのこと、大切だから別れたくないとか、そういうんじゃなく？　反省もしてないんだ？」

「してるよ。そりゃあもう骨の髄《ずい》までしてるとも！」

雫ちゃんが疑わしげにじっと見てくるので、俺は表情でも精一杯反省を表現した。

「へえ、十分に反省してると？」

俺はこくこくと何度も頷いた。

「それなら、まあ手助けしてあげてもいいけど」

「手助けって……雫ちゃん、なんか妙案でもあるのかい？」

で、雫ちゃんの体が空くまで三時間以上ある。家との往復なんて二十分もかからない。

困った困った、と呟《つぶや》きながら歩き、いつの間にか見覚えのある店構えの前まで来ていた。

そこは、パチンコ店。〈本日も激アツ開店中！〉ののぼりが風にはためいている。

ほう、激アツなのか。

いやいやいや、さっき雫ちゃんにも呆れられたばかりじゃないか。ダメダメ。別のなにかで時間をつぶそう。こんなところに入ったら、まったく反省してないと言ってるようなもんだ。

言葉とは裏腹に、俺は斜め向かいのコンビニのATMで三万円を下ろし、また店の前に戻ってきた。そして吸い込まれるように、自動ドアをくぐって店内に入る。

ド派手な音でいっぱいの店内。玉がジャラジャラとドル箱に吐き出される音に、一気に血圧が上がる。いや、高血圧で薬を飲んでいるからまずいのだが。とにかく久しぶりだ、この血沸き立つ感じ。まあ正直に言うと、つい一週間前も来たけど。

土曜だからか店内はかなり混み合っている。運良く角台がひとつ空いていたので、俺はそこに座った。無心で現金投入口に一万円札を差し込んでハンドルを握る。

たまにリーチはかかっても発展もせず。なにひとついいところのないまま、二十分たらずで一万円が泡のように消えた。

なんだかここ数年は、まったく勝てなくなったな。一体いくらこんな無駄なことに金を使っているんだか。情けない。だが、若いころはあんなに過ぎ去るのが早かった一日が、年をとってからはひどく長い。正直、苦痛なのだ。トルンカに行くのと、こうしてパチンコを打つくらいしか、時間をやり過ごす方法が思いつかない……。

と、突然アツいリーチがかかって、俺は身を乗り出した。黄色いビキニ姿の女の子のキャラクターが画面に現れて図柄を揃えようとする、おなじみの展開がはじまる。そう、待っていたのはこれ！

「頼む、マリンちゃん！」

俺は思わず天に祈る気持ちで叫んだ。ここで当たれば、ちょっとはこの浮かない気持ちも晴れるってもんだ。

しかし無慈悲にも、リーチは外れ。マリンちゃんは申し訳なそうな顔で行ってしまい、何事もなかったかのように次の変動が始まる。

「戻ってこい、マリン！　逃げ足だけは速いな！」

くそう、これで二万が水の泡。さすがにもう一万を投資するのは躊躇《ちゅうちょ》する。もうすっぱりやめて、散歩でもして時間をつぶそう。そのほうが遥《はる》かに有意義だ。いや、あと一万やればきっと出る。ここでやめたら後悔する。いや、違うだろ。いつもそうやって続行してケツの毛までむしり取られて、後悔することになるじゃないか……。

打つべきか、やめるべきか。それが問題だ。

シェイクスピアの登場人物ばりに苦悩しながら、右隣の席を見た。実は悔しいからそっちは視界に入れないようにしていたのだが、隣は俺が座る前から爆連していて、しかもいまだにそれが続いているときている。打ち手の後ろには、神輿《みこし》のように積み上げられたドル箱。打っているのはサングラスをした、すかした感じの若くて細っこい姉ちゃんだ。

一体どうやったらこんなに連チャンが続くんだ？　俺のパチンコ人生ではこんなこと、一度も起きたことないぞ。

涼しい顔で打っているその横顔をよく見ると、

「あれ？　あんた」

どこかで見た顔だ。

やたらスラッと細身で、陶器のように肌がきれいで青白くて、座っていても長身なのがわかるスタイル。美人だが、つんとして取り付く島のない感じ。

確か去年の秋頃だ。トルンカで突然映画の撮影の話が持ち上がったことがある。なんでも春日井《かすがい》なんとかって映画監督が、店の雰囲気が作品のイメージとぴったりだから、ぜひ撮影に使わせてほしいとかで。それで休日のトルンカに春日井監督と撮影隊と演者が来たのだが、その主演女優がきれいなのは間違いないんだが、まあツンケンしていて、女優っつうのはやっぱりお高くとまってんだなあ、と思ったのだ。

隣で爆連しているのは、まさにそのときの女優だった。テレビで見かけることはあまりないが、雫ちゃんが知ってるくらいに有名人ではあった。たしか名前は……思い出せ。こういうときに自力で思い出すと、シナプスがつながってうんたらかんたらで脳にいいって話だった。

「田所《たどころ》ルミ！」

名前を思い出せたのがうれしくて、思わず叫んじまった。

その声に反応した田所ルミがサングラスをずらし、ジロリとこっちを睨んできた。おお、さすが女優。その眼力に思わず尿漏れしちまいそうだ。

「はあ？　あんた、誰？」

ぐっと顔を近づけて、騒々しい店内に負けない声で訊いてくる。

「俺だよ！　俺！」

田所ルミは胡散《うさん》臭そうに俺を上から下まで眺めて、

「こんなみすぼらしいじいさんの知り合いはいないない」

と吐き捨てるように言った。

「おい、ひどいな。トルンカで撮影したとき、会ったじゃないか。ほら、俺、トルンカの常連！　あんた、こんなとこでなにやってんの？　家近いの？」

田所ルミは呆れたような顔でこっちを見ている。でも女優と並んでパチンコ打てるなんて、一生に一度あるかないかの機会だ。俺は、年甲斐《としがい》もなくはしゃいじまった。

「にしても、すごいね、あんた。やっぱり女優とかやってると勝負の才能があるのかね。二十四連もしてるじゃないの。その運、俺にちょっとわけてよ」

「消えて」

「え？」

「別の台に移れって言ってんの。トルンカで撮影したときに会った？　ぜんぜん覚えてないね。たとえ覚えてても、あたしがあんたと話す理由になるの？」

「冷てえなあ。あんたはツンケンするのが仕事なのか？　こんな爆連しておいて、そんな不機嫌でよくいられるもんだ。なあ、頼む、一箱ちょうだい？　こんなにあるんだし、減るもんじゃないしいいだろ？」

「……ドル箱は減るもんでしょ？　なんであたしが自力で当てた玉を、見ず知らずのじじいにあげないといけないの？　あと口すっごい臭んだけど、よく言われない？」

「じゃあ、その台、譲って？　あんた、運強いから別の台でもどうせすぐ出るよ」

「じいさん、アタオカなの？」

「アタオカ？　いや、俺の名前は滝田だぞ。た・き・た」

「頭がおかしいって意味よ！」

田所が叫んだ。

おお、はじめてこの娘が感情的になったところを見た。こんなに感情をちゃんと出すんだな。まるでサイボーグみたいだったけど、ぐっと人間っぽさが出て、こっちのほうがずっといいじゃないか。


結局、俺が話しかけた直後に連チャンもあっさり終わり、田所ルミはいまいましげにこっちを一瞥《いちべつ》してから店員を呼び出して席を立った。俺ももう打ってなかったし、一緒に席を立って、店員についていく田所を追った。なにしろ、こんないい暇つぶしもないではないか。

田所はレジで玉を特殊景品に変えると、俺に気づいていかにも嫌そうな顔をした。

「なに、まだいんの？」

「いや、俺もちょうどやめたとこだし」

「ふん」

田所は諦めたのか、ひとつため息をつくと、「交換所ってどっち？」と訊いてきた。

「駐車場の奥。あんた、この店はじめて？　この辺が地元とかじゃないんだろ？」

「じいさんに関係ないよね？」

「なんか用事でもあったんか？　あんた、日本人離れして背が高いしスタイルがいいから、この辺歩いてるとそれだけで目立っちまうだろ」

「別に目立とうが、かまやしないし。あたしはあたしを一番に優先して生きるの」

「ほう。かっこいいね、あんた。なあ、せっかく来たんだしトルンカに行けばいいじゃないか。雫ちゃんはあんたのファンだから、喜ぶと思うよ」

俺が言うと、田所ルミがまた急に感情的になった。

「うっさい！　あたしがどこに行こうとあたしの勝手でしょ。行きたきゃ行くし、行きたくなきゃ行かない。それだけ」

なんか含みのある言い方だな。ただ俺は親切心でトルンカに行ったらと勧めただけなのに。どこがこの娘の逆鱗に触れたんだろうか。

「とにかくもうついてくんな」

一刻もこの場から早く立ち去りたいって態度で、歩き出す田所ルミ。俺はその背中に向かって慌てて声をかけた。

「ちょっと、田所さんよお。必勝法教えてくれない？」

「は？」

「だから、あんた、なんか出るコツを知ってんだろ。俺、人生であんなに連チャンしたことないもん」

田所ルミは唖然《あぜん》としたように俺を見ていたが、ふとなにかを思いついたように口を開いた。

「教えたら、もう二度とかまわないでくれる？」

「お、おう？　やはりあるんだな？」

「……あたしがこの辺に来てたってのも、トルンカの人たちに絶対言わないで」

「はあ？　なんでだ？」

「とにかく！　どうなの、約束守んの？　じゃないと必勝法教えてやんないよ？」

「約束する約束する」

俺は前のめりで頷いた。

田所は門外不出の必勝法だと前置きしてから、ひそひそ声で驚きの方法を教えてくれた。聞きながら、俺はどんどん血が頭にのぼっていって、もうこの女優にかまっているどころではなくなった。そのまま踵を返すと、駆け足で店へと戻り、新たな一万円札を機械に投入したのだった。

二時間後、俺は途方に暮れてパチンコ店から出てきた。

田所ルミ、許すまじ。あの女のせいで、全額スッた。

田所は俺にこう言ったのだ。パチンコ店では支店長が、出す客を監視カメラの映像で見て判断して決めている。だからまず店に入ったら、天井に設置された監視カメラに向かって深々とおじぎして好印象を持たれるのがポイントだ。すると、カメラ越しにそれを見た支店長が、「あの客は非常に礼儀正しいから今日は連チャンさせてやろう」となり、大勝ち確定、となると。

ハメられた！

冷静に考えたら、そんなわけがあるか。本当だったら完全な違法営業だ。俺を厄介《やっかい》払いするための、単なる口からでまかせ。だが、なにしろ女優なので、その口がうまい。言われたときはその迫真の演技にやられて、本気で信じまった。おかげで財布に残っていた一万と、新たにコンビニで下ろした二万を失うことになった。

あの女を信じて、店に入るなり突然監視カメラに向かって九十度に腰を折ってお辞儀した老人に、他の客はさぞ度肝を抜いたことだろう。

いまだ田所への怒りは収まらないが、気が付きゃ雫ちゃんと約束した時間だ。と言うより、そっちが今日の本来の目的なのをようやく思い出す。

俺は家に戻ってかんざしを写したポラロイド写真を見つけると、とぼとぼとトルンカに戻った。


一日に二度来た俺にマスターが不思議そうな顔をするので、俺は「ちょっと雫ちゃんに用事があってね」と告げ、ブレンドコーヒーを注文した。

「ああ、滝田じい。写真は？」

俺がポラロイド写真を渡すと、雫ちゃんはスマホのカメラでそれを撮り、なにやら文字を打ち込んでから「こんな感じ？」と見せてくる。画面にはさっき俺が渡したかんざしの写真、その下に細かい文字が並んでいる。老眼鏡なしで読めない俺に代わって、雫ちゃんが読み上げてくれる。

「『このかんざしと似たものを探しています。お持ちの方、譲っていただけませんでしょうか。謝礼お支払いします』ってトルンカのアカウントで投稿してみたの」

よくわからんが、とにかく大勢の人にかんざしを探しているってのを周知してもらえたってことか。ありがたい。

「それで、連絡は何件来た？」

俺は思わず詰め寄った。

「ちょっと、気短すぎ！　まだ投稿したばっかりだよ。ていうか、SNS嫌いのお父さんをどうにか説得して今年からはじめたアカウントだから、フォロワーもぜんぜんいないんだよね。一応、【シェア希望】って最初に書いといたから、多少広めてくれるとは思うけど」

「言ってることはなにひとつわからんが、とにかくありがとう！」

「これに懲りたら、もうパチンコなんて行ったらダメだからね？」

「う、うん……」

三十分前までやってましたとは口が裂けても言えない。

「あら、素敵なかんざし」

「おお、千代子《ちよこ》さん。いらしたんですね」

テーブルに置きっぱなしだった写真に反応した千代子さんは、この店一番の常連さん。店ができた当初から通っている強者《つわもの》だ。言うなれば、俺たちはこの店に魅せられた同志みたいなもの。そんなにたくさん話すわけではないが、お互いがここに今日も来ていることを喜び合う関係だ。千代子さんは俺よりさらに七つか八つ年上だが、背筋もしゃんとしていてとても若々しい。

「滝田さんのお店で扱っているものかしら？」

「いや、そういうわけではなくて」

「なに、なんの話？」

と、さらに話に加わってきたのは、トルンカで去年の暮れからアルバイトをしている宇津井君。どこかのほほんとした感じの人好きがする青年だが、なんでもうつ病になって仕事を辞めて長いこと休職中で、リハビリを兼ねてトルンカで働いているそうだ。ここの常連でイラストレーターの絢子《あやこ》ちゃんの大学時代の友人と言ってた。現在、海外旅行に行っている絢子ちゃんの家に、無償で住まわせてもらっているとか。

うつ病っていったら、なかなか大変な病気だって聞く。あんまり無理しないでほしいもんだが、ここはある意味リハビリにはちょうどいい場所かもしれない。

「滝田じいの奥さんが大事なかんざしをなくしちゃったって聞いたから、店のアカウント使って、同じか、そっくりのかんざしを持っている人いないか探してみることにしたんだー」

雫ちゃんは俺のダメ人間っぷりだけうまく省いて、千代子さんと宇津井君に的確に説明する。

「さすが雫ちゃん。きっとすぐ見つかるわよ」

「だといいんだけどね」

「それが邪《よこしま》な気持ちじゃなくて愛の気持ちから望んでいることなら、ちゃんと神様が叶えてくれるわ」

「おおー。千代子ばあちゃんが言うと説得力がすごい！」

「〈愛があるところに人生がある〉、インド独立の父のガンディーもそう言ってるよ、とか本庄《ほんじょう》なら言うだろうね」

宇津井君がこの場にいない絢子ちゃんの真似をしてみせ、雫ちゃんが大笑いする。

「絢子ねえちゃん、言いそう！　いまは絢子ねえちゃん、カナダにいるんだよね？　この間、〈忘却はよりよき前進を生む〉って変な一文が添えてある絵ハガキが送られてきたけど。近況とかは一切なし。まあ、いかにも絢子ねえちゃんらしいけど」

「ああ、それはニーチェの言葉だな。俺んとこには、〈孤独な者よ、君は創造者の道を行く〉ってのが来た。これもニーチェだね」

「ウッちゃんも絢子ねえちゃんの影響でだいぶ格言マニアになりつつあるねえ」

「いや、あいつの家、手書きの格言があちこちに貼ってあるから嫌でも覚えるんだよね。トイレの壁なんて格言だらけだよ」

「あはは、わたしも見たことある」

「愛で言えば、こんなのもあったな。〈愛するとは、自分の幸せを相手の幸せに重ねることである〉、ライプニッツっていうドイツの哲学者の言葉」

「おおー、いいね」

「でもちょっと使い方を間違ってそうなのが、絢子ちゃんっぽい感じ？」

千代子さんが笑って言うと、雫ちゃんも宇津井君も一緒になって笑う。

こういう老若男女が楽しそうに話している光景って、他じゃあまり見ないんじゃないだろうか。トルンカのこういうところが宇津井君のリハビリにいいんじゃないかと思うのだ。

俺もこんな心配事がなければ、皆と笑い合うところだが。

「でもさあ、そういうことならもっと大勢に見てもらったほうが効果あるんじゃない？」

宇津井君の言葉に雫ちゃんが頷く。

「うん、まさにそれを考えてたんだけど。ウッちゃん、なにかアイデアない？」

「そりゃあ、有名人とかが拡散してくれるのが一番じゃない？　店のお客さんでそういう人いないの？」

「有名人かあ。そういえば、去年映画の撮影で田所ルミが来たことがあって、うちの店の常連になってくれないかなってちょっと期待したんだけど、結局一度も来てくれないなあ」

「ああ、あのとってもきれいなお嬢さんね」

千代子さんがうれしそうに声をあげた。

「田所ルミ？　そういや何日か前のネットニュースで気になる記事が出てたよ」

と宇津井君が思い出したように言う。

「へえ。なんて？」

「あー、なんか事務所をクビになって、それでもう女優業を引退する、みたいなことが書いてあったな」

「え！　田所ルミ、女優引退したの？」

「記事で書いてあったってだけ。でもネットの記事なんてまったく信憑性《しんぴょうせい》ないときもあるし、本当かは俺も知らないよ」

田所ルミなら、さっきパチンコ屋で会ったぞ、と会話に加わりかけて慌てて口を閉じる。そういや、この辺に来たことはトルンカの人には言わないって約束させられたっけ。でもデタラメの必勝法を教えたわけだし、あんな約束は無効だよなあ。

事務所をクビになって女優業も辞めた？

あの女、ひょっとしてパチンコ屋じゃなく、ここに来るつもりだったんじゃないのか。

事情があるらしい。ひとつ貸しってことにして黙っていてやるか。武士の情けってやつだ。というか、パチンコ屋で会ったって言ったら、俺が行ってたことももれなくバレる。とりあえずは、だ。似たかんざしが見つかるのを祈るしかない。

問題は今日の夜、照子が帰宅したときだよなあと思いつつ、雫ちゃんに礼を言って会計を頼んだ。


「滝田さん」

店を出たところで、マスターに不意に呼び止められた。

「おう、なに？」

「あ、いえ……」

続きを待っても、マスターはなかなか言葉を発しない。この人が口ごもるなんて珍しい。

「滝田さん、大丈夫ですか？」

「え？」

マスターがひどく深刻な顔で訊いてくるので、俺はぽかんと口を開けた。

「あ、いえ。娘と奥様のことでなにか話してましたよね？」

「ああ、うん。女房のかんざしをなくして怒らしちまってね。そしたら雫ちゃんが探すのを手伝うって言ってくれたもんで頼んだんだ。悪かったね、雫ちゃん、長い時間借りちゃって」

「いえ、娘のことはいいんですが……」

マスターはそう言ってやっぱりひどく真剣な顔で俺を見て、それから小さく微笑《ほほえ》んだ。

「すみません、私の勘違いでした。忘れてください。今日もお越しいただき、ありがとうございました」

「ん？　ああ」

なんだったんだ？　なにを勘違いしたって言うんだ？

店の中に戻っていくマスターの背中を眺めながら、なぜか急に嫌な予感が腹の奥から迫り上がってきた。

家に帰り着くと、照子はまだ戻っていないようだった。とりあえず一休みしようとハンチング帽を脱いで、居間のソファにドカッと寝転がる。

が、なにかがおかしい。家の中がひどく乱雑に思える。カップやら新聞紙やら脱ぎ捨てた衣服なんかが、部屋中に散らばっている。隅に埃が溜まっている。照子は几帳面《きちょうめん》とまでは言えないが、家の中はそれなりに清潔《せいけつ》に保っておくほうだ。あいつが家事をサボッた？　いや、そもそも今日の朝はどうだったっけ？　あいつがまだ帰ってきてないのなら、朝の状態のままのはず。うーん、朝の光景がまるで思い出せない。

考えていると頭の奥のほうがぼんやりしてくるので、面倒になってやめた。まあ、いい。とりあえず今日は照子が大事な話をする気がなくなるくらい、必死に機嫌を取ろう。そして代わりのかんざしが見つかったら、あらためて謝罪する。うん、それが一番穏当な解決方法だと思う。

そうだ、せっかくだし機嫌を取るためにも部屋を掃除しておくか。俺はカップや湯呑みを洗い、投げ捨てられた洋服を畳んで、部屋中に掃除機をかけた。

終わったころには日も暮れかけ、そろそろ照子も帰ってくる時間になった。

玄関扉が開く音がしたら飛んでいくつもりで、ソファに座ったまま耳をそばだてていた。が、照子は一向に帰ってこない。そのまま待ち疲れてうとうとしてしまった。目を覚ますと、カーテンを引いていない窓の外は真っ暗だった。壁の時計を見ると、八時を過ぎている。

ずいぶん遅いな。夜までには帰ると言ってたのに。

それから二時間以上、部屋の中をずっとソワソワして待ったが、それでも帰ってこない。十時を過ぎた時点で、動悸《どうき》がしてきた。訪ね先であるお茶の先生の家に問い合わせてみようと思うが、あいにく連絡先はおろか、その人の名前すら俺は知らない。

警察に相談すべきか？ 七十すぎの老婦人が夜までに戻ると伝えて、この時間になっても帰ってこないというのは、たぶん只事じゃない。事故に巻き込まれた？ それともなにかの事件に？ 不吉な想像ばかりが頭に浮かんでくる。

それとももう大事な話をするのも嫌で、この家に帰ってくるのをやめたとか？ いや、仮に俺と暮らすのがもう耐えられないのだとしても、あいつはこんなふうに突然家を出たりするタイプじゃない。大体、今朝は着物で大した荷物も持たずに出ていったじゃないか。

そうだ、警察に連絡する前に息子の孝之《たかゆき》に連絡だ。あいつに相談して、どうするか決めよう。俺は大慌てでスマホをテーブルから拾い上げ、息子に電話をかけた。

「もしもし」

すぐに電話がつながってホッとした。定職にもつかずちゃらんぽらんの息子の声が聞けただけでこんなに安心するとは、なんという皮肉。

「ああ、孝之か？ 久しぶりだな。俺だけど」

「親父、どうした、こんな遅い時間に？」

「すまんな。あのな、ちょっと問題が起きて」

「問題？」

「ああ。母さんが朝出ていったきり、家に戻らないんだ。それで、どうしたもんかと思って」

「え？　母さんが……？　いつ？」

「だから今朝の話だよ。今朝出て、夜になっても帰らないんだ！　聞いてんのか、おまえ！　警察に連絡しないと、まずいよな、これ？」

動揺からつい声を荒らげてしまった。しかし、じっと黙っていた孝之はまったく予想外のことを口にした。

「いや、警察には連絡しなくていい。母さんなら大丈夫だから」

そのきっぱりした口ぶりから、孝之は照子の行方を知っていると確信した。家に帰って俺と顔を合わせるのが嫌になって、孝之のアパートにでも転がり込んだのか。人騒がせな、と頭にきたが、それよりも無事だったことへの安堵《あんど》で体中から力が抜けた。

「そっちにいるなら、電話くらいすればいいだろう。心配したんだぞ？」

「悪かったよ。あのさ、親父、近いうちちょっと話せる？　俺、そっちに行くから」

「ああ、そうしよう。母さんも来るんだろ？」

「いや、とりあえず俺ひとりで行く」

俺とは顔も合わせたくないってか。でも孝之が仲を取り持ってくれる気があるようで、助かる。

約束は来週の土曜日になった。一週間も照子を孝之のところに預けるのは心配だが、帰ってきたくないと言うなら仕方ない。

「わかった。じゃあ来週、コーヒーでも飲みながら話そう」

息子と家で二人っきりで話すなんて、かれこれ二十年近くはしていない。さすがに気づまりなので、トルンカに連れて行くことに決めた。商店街の入り口、夕やけだんだんで土曜の午前中に待ち合わせの約束をして電話を切った。

それにしても、俺はなんと不甲斐ないのか。呑気にパチンコなんてしてていいわけないだろ。

ずるずると足を引きずるように二階に上がり、押し入れから布団を出して敷く。

照子がいないだけなのに、なんだかひどく家中がよそよそしく感じられる。読書灯の灯《あか》りだけの中でじっとしていると、この宇宙に自分だけしかないような心細さに襲われる。

「お～い、照子ォ、早く帰ってこ～い」

天井に向かって叫んでみても、無論返事はない。その夜は長いこと、壁の時計の針と睨めっこするはめになった。

翌朝、起きても照子の姿はなかった。いや、当たり前か。孝之のところに行ってるんだものな。はあ、と小さなため息が自然と出て自分でも驚く。

　今日は日曜日か。雫ちゃんは朝から店に出ているだろう。昨日のかんざしの件が気になるし、トルンカに出向くことにする。

　毎日通る谷中銀座商店街は、日曜だと本当に人でいっぱいだ。空は昨日の続きのように、よく晴れている。金魚みたいなぷっくりした雲がのどかに青空を流れていく。

　まだ十時前なのに、肉屋からは揚げ物のいい香りが漂ってきて、前を通るだけで自然と涎《よだれ》が出てきてしまう。大きなリュックを背負った白人のカップルが、肉屋の前で真剣に商品を吟味《ぎんみ》している。ここ数年は、旅慣れた様子のああいう海外旅行者も明らかに増えた。

　この道を何十年も、ほぼ毎日歩き、少しずつ、でも確実に変わっていくのを肌で感じてきた。

　骨董品と同じで、街や商店街だって時代を重ねることで深みを増していくものなのかもしれない。江戸時代に寺町《てらまち》として栄えた街。少し路地に入れば、その面影はいまもしっかり残っている。その美しさは、他の街にはないものだ。トルンカで使われている古いコーヒー豆のように、新しいものには醸《かも》し出せない味わいがある。

　昨日の夜、照子の不在で孤独の怖さを思い知らされたからだろうか。見慣れたいつもの景色が、やけに魅力的に見える。

そうだ、照子が戻ったら、骨董品屋をもう一度本腰入れてやろう。

不意にそんな前向きな気持ちになって、自分でもはっとした。

いや、違う。本当はもうずっと前から停滞している自分に嫌気がさしていたのだ。案外、今回の件は自分を見つめ直す良いきっかけなのかもしれない。

これが無事解決したそのときには、きっと。

そう思いながら、商店街通りを右に折れ、いつもの細い路地へと入った。


扉を開けると、早速雫ちゃんが出迎えてくれる。カウンター席だと訊ねにくいので、マスターに注文だけして昨日と同じテーブル席へ行く。

「滝田じい、離婚は回避できた？」

水を持ってきながら、でかい声で聞いてくる雫ちゃん。俺は慌てて「声、もっと抑えて」と頼む。千代子さんたちに聞こえるじゃないか。絶対わざとやってるだろ、これ。

案の定、隣のテーブル席にいた雫ちゃんの幼馴染《おさななじみ》の浩太《こうた》君――コウちゃんがストローを咥《くわ》えながら仕切りの上から顔を出した。小さかったころはチビの泣き虫だったけど、最近じゃ成長著しく体も態度もやたらでかくなった。

「なに、離婚って？　滝田じい、離婚すんの？」

　この子も雫ちゃん同様いい子であることは間違いないが、話を聞かれると相当めんどくさそうな奴でもある。

「ちょっと浩太。なに、聞き耳立ててんのよ」

「あんな馬鹿でかい声で言ってたら嫌でも聞こえるわ。で、どったの？　滝田じい、愛人がいるのでもバレた？」

「そんなもん、いるわけないだろ」

　絶対わざと言ってるだろ。俺が言うと、コウちゃんは「でしょうね」と頷く。

「コウちゃん、いま雫ちゃんと大事な話してるから、あっち行っててな？」

「なんで〜。俺も仲間に入れてえ。さみしいじゃん〜」

「しっし、あっち行ってろ。バカ浩太」

「やだ、雫さんったらつれない」

「しっし！　ハウス！」

　雫ちゃんが犬でも追い払うようにコウちゃんを追い払ってくれた。

「ふう、やっと邪魔者が消えた」

　いや、もともと雫ちゃんがあんなでかい声で言わなければ、コウちゃんも反応しなかったと思うが……。

「で、昨日はどうだった？」

「ああ、うん……」

さすがに家出されたと伝えるのも、決まりが悪い。俺は、昨日はなんとか無事に切り抜けたとだけ曖昧《あいまい》に答えた。

「そっかあ、奥さんもまだなにも言ってきそうにないんだ？」

「まあ、しばらくは大丈夫そうかな。その間に、かんざしを見つけられたらと思ってるんだが」

俺が言うと、雫ちゃんが眉を下げて冴えない顔をする。

「え、ぜんぜんダメ？」

「いまのところ。というかあんまり投稿を見てもらえてないから、リアクションも期待できない感じ。ごめん、偉そうに言ったのに、力になれなくて。冷静に考えたら、かんざしを持ってる人なんて、いまの時代そういないよね。ちょっと甘かったかも……」

それを聞いて、俺もひどく落胆する。ネットを頼って見つからないなら、一体どうすればいいんだ？　現状、俺にとって、かんざしが見つかる唯一の希望なのに。しかし明らかにしょげた顔の雫ちゃんに、落胆しているところを見せるわけにはいかない。

「いやいや、気にしないでくれ。雫ちゃんが悪いわけじゃないからね？　しょせん身から出た錆《さび》だから」

「ああ、そりゃそうだ。悪いのは滝田じいだ。わたしが申し訳ないと思う必要ないじゃん」

案外立ち直り早いな。

「まだ、誰からも連絡来ないって決まったわけじゃないもんね。他にも方法ないか考えてみるよ、わたし」

やっぱり、いい子だなあ。

「なあ、雫ちゃん」

「なに？」

「この年になると、なにかを変えるのってすごく勇気がいるんだよ。でも、もう変えないとなあと思うんだ。停滞してるのは、もううんざりだ。もう二度とパチンコはやらんわ」

「え？　なに、そのいまもやってるって口ぶり？　ハマったのは数年前だって言ってたよね？」

しまった。なんか妙に感傷的になって、口走った。

「いや、うん、ここで誓いを改めたってことさ」

「ふうん……」

「おや、今日もいい天気だ。雀《すずめ》が電線の上で三羽、日向《ひなた》ぼっこしてら。よし、足腰のためにも散歩にでも行くかね」

「散歩ねえ」

明らかに疑惑の目で見てくる雫ちゃん。しかしそこに救世主である千夏《ちなつ》さんが店にやってきた。雫ちゃんはこの千夏さんという、日曜限定でやってくる若い娘さんが大好きなのだ。まあ、俺も彼女は好きだけど。なにしろ礼儀正しくて、すごくいい子だからね。

「こんにちは、雫ちゃん」

「いらっしゃい、千夏さん！　いま席片すからね！　滝田じい、邪魔！　とっとと散歩行け！」

すごい扱いの差だが、おかげで脱出には成功した。

パチンコ屋の前を通る。

いやいや、あんな宣言しておいて、さすがに打とうって気はない。

でもなんとなく予感がしてガラス越しに店内を覗くと、昨日俺が座っていた角台にサングラス姿の田所ルミが座っていた。やっぱりな。一度大勝ちすると、次の日も無性に来たくなるのがパチンコの恐ろしさというものなのだ。

じっと見ていたら、視線に気がついた田所がサングラスをずらしてこっちを凝視する。俺だとわかると、露骨に顔をしかめて嫌そうにした。

俺は店に入っていき、田所に大声で話しかけた。

「よう、田所さん。昨日はすごい必勝法ありがとう！」

別にもう腹は立っていない。昨日はそれ以上にいろいろありすぎたし、つまるところ負けたのは俺の運のなさのせいなので、諦めもついた。

「どういたしまして」

くく、しれっと返してくるところが憎いね。

「それで、あんた、こんなところでなにしてるの？」

「は？　見てわかんない？　パチンコだけど」

「そうじゃなくて、そんなことしてていいのかね？」

昨日、雫ちゃんと宇津井君が話していたことを思い出す。この娘は、なにやら大変な事態になっているって話だった。こんなところで油を売っていていいのか。ああ、違うか、現実逃避というわけか。俺がパチンコをやめられないのも停滞した日々から目を背けたいという側面が大きかったから、気持ちはよくわかる。

「あたしがどこでなにをしようと勝手でしょ」

そう言いながらも、田所は現金カードを苛立《いらだ》たしげに引き抜くと、席から立ち上がり大股で店から出ていく。俺もやっぱりそのあとを追う。

「じいさんのせいで、打つ気失《う》せたわ」

「それはよかった。どうせ今日は打っても大負けするだろうよ」

「勝手に決めないでくれる？」

「そういうもんだぞ、パチンコの神様ってのは底意地が悪いからな」

田所は店の脇の細い路地にある自販機で缶コーヒーを買って、壁にだらしなく寄りかかって飲み出した。お天道さんの下で改めると、以前撮影時に見たのに比べて、なんだかやつれて肌にも生気が感じられない。なるほど、本当になにか抱えているらしい。

俺も缶コーヒーを買おうと思ったが、あいにく小銭を持っていなかった。

「なあ、俺にもコーヒー買ってくれ」

「なんであたしが？　ほんと、その鋼《はがね》のメンタルはなんなの？」

「いいじゃないか。こっちは高齢者だぞ。ちょっとくらい親切にしても罰は当たらないと思うが」

田所は諦めたようにため息をつきながら俺を睨むと、乱暴に小銭を自販機に入れ、好きなのを選べと顎でしゃくってくる。というわけで、俺はまんまと缶コーヒーにありついた。

「あんた、トルンカに行く気だったんじゃないのか？」

あんまりうまくない缶コーヒーを啜《すす》りながら訊ねてみた。

「もうその話はいいでしょ」

「場所、わかるよな？　なんか行きにくい理由でもあんのかい？　なんなら連れてってやろうか」

「だから、いいっつってんでしょ！」

田所は急に声を荒らげて言うと、「自分で行けるわよ」と不貞腐《ふてくさ》れたように呟く。それから逆襲とばかりに忠告してくる。

「じいさんこそ他人にちょっかい出してばっかで、なにかやることないわけ？　残り短い人生、有意義に使わないでどうすんの」

「残り短いって失礼だな、おい」

「あたしより短いのは確かでしょ」

「いや、でもまあさ、俺、実はいまけっこう大変なのよ」

俺はなんとなく目の前に立つ娘に、自分の置かれた状況を全部ぶちまけたくなった。赤の他人だからこそ、話しやすい種類のことってあるじゃないか。

「いま、実は女房に出ていかれちまってね。離婚の危機を迎えてるんだよな、俺」

「別に聞いてないし。勝手に自分語りしないでね？」

「発端はさ、俺が女房の大事にしているかんざしをパチンコの金欲しさに勝手に売っ払っちまったからなんだ」

「ほんと、ぜんぜん人の話聞かないな。つうか、最低じゃん、じいさん」

「マスターの娘さんの雫ちゃんが味方になってくれてね、似たかんざしをインターネットで探そうとしてくれたんだけど、あんまり見てくれる人がいないんだと」

「そりゃそうでしょ。ネット上にどれだけ膨大な情報があふれてると思ってるの。どっかの小さな喫茶店の投稿なんて、目に留まるわけないじゃん。てか、自分語りやめて？」

田所の文句は一切無視して、俺はここ数日の出来事を話して聞かせた。勢い余って、照子と連れ添ってきたいままでの人生にまで話が遡《さかのぼ》り、それでも止まらなくなる。

もう四十年も昔のことだ。

まだ俺が家具メーカーに勤めていたころ、俺たちは見合い結婚した。三十歳を過ぎても浮いた話ひとつない俺を心配した大伯母が、半ば強引に持ってきた話だった。照子は小さな建設会社を営む父親に箱入り娘として育てられてきたせいで、ろくに恋愛もしてこず、そのときは俺同様三十をいくつか過ぎたところだった。当時では行き遅れという不名誉な部類に入る年齢だ。

そりゃひと目でお互いに惹《ひ》かれ合ったとか、そんなロマンチックなことはなかった。だが、見合いの席での丁寧な言葉遣いや美しくお茶を飲む所作《しょさ》に好感を持って、俺はこの話を受けることにした。

本当の愛情のようなものを抱くようになったのは、ひとつ屋根の下で暮らすようになってからだ。子を持ち、家族の大黒柱になるのはどこかむず痒《がゆ》さがあったが、温かいお湯に浸《つ》かったような心安らぐ感じも確かにあった。

それまで俺は、骨董品のような物には愛着を示すことはあっても、両親であれ友人であれ、誰かに強い愛情を感じたことはなかった。

照子と暮らすようになって、自分はいままでなんてさみしい人生を送ってきたんだろう、とひそかに思ったものだ。息子の孝之を産んでくれたことにも、もちろんとても感謝した。

ああ、そうだ。俺が五十手前で会社を辞めて骨董品屋をやると言ったときも、反対したのは最初だけで、結局あいつはついてきてくれたんだった。

「人生一度きりだしね。あなたに悔いのある人生を送ってほしくないから、もう反対はしないわ」

あのとき、俺は照子にちゃんと感謝しただろうか。さしたる展望もなく、ただやってみたいという情熱だけで店をやると決めた俺を、あいつは非難しなかった。それなのに、自分のことにばかり夢中で礼のひとつも言わなかったんじゃないだろうか。

ああ、俺は、もっと照子に感謝しなきゃいけなかったんだ……。

「そりゃ俺はずいぶん勝手もやってきたし、いい亭主だったとは胸を張って言えないよ。だが、それでもずっと連れ添ってきたんだ。こういう状況になったから言うわけじゃないが、やっぱり、その……とても後悔している。また早く元の生活に戻りたい。家に帰ったら、照子がいて、ときどき険悪になったりすることがあっても、ずっと一緒に……」

話しながら、自然と目頭が熱くなってきてしまった。田所は「ちょっと泣かないでよ」と慌てるが、他に余計なことは言わずに聞いてくれている。

そうだ、俺は心に決めた。帰ってきたら誠心誠意謝ろう。そしてまた、はじめるのだ。

だが――。

次の瞬間、あれと思う。

なぜか、急に強い違和感が胸に迫《せ》り上がってくる。

なにか、とてつもなく大事なことを自分は見落としている気がする。

忘れていいはずのない、なにか。

後悔と切望の交ざった感情だらけだった胸に、得体の知れない不安が広がっていく。なんだっけ？　なにを忘れている？　それは、思い出さなければいけない重大なことだったはず。頭の中をフル稼働させて、記憶を辿《たど》る。だが、記憶は捕まえようとする度、岩の隙間に隠れる蛇のように逃げてしまい、捕らえることができない。

突然、昨日の帰りにマスターに思案顔で話しかけられたときの記憶が蘇《よみがえ》る。「大丈夫ですか？」とマスターは俺にやけに深刻そうな顔で聞いてきた。

あれはなんだったんだ？

あのときも、俺はなにか強い違和感を感じたのだ。なぜだ？　だめだ、わからない。頭の奥のほうがずきずきと鈍《にぶ》く痛む。目をぎゅっと瞑っても、瞼《まぶた》の裏で火花が散ってチカチカする。

手に持っていた缶コーヒーがスルッと滑って、地面に転がる。

「じいさん、大丈夫？」

俺の様子が尋常じゃないと思ったのか、田所が怪訝《けげん》そうに声をかけてくる。

「ちょっと、やだ、頭が痛いの？　まさか救急車いるとか？」

いや、それには及ばない。大袈裟すぎる。ただ少し思い出せないことがあって、気持ち悪いだけなんだ。それだけなんだ。

「大丈夫だ」

「そうは見えないけど？」

「大丈夫だ！　なんでもない」

深呼吸を幾度かして答えれば、自分でも驚くほどケロッと治っていた。

それでも腹の底には、さっきの不気味な感覚がまだ残っていて、いますぐにもこの場から逃げ出したくなってくる。俺は落とした缶を拾ってゴミ箱に放り込むと、なにか言おうとしてくる田所に別れを告げ、急いでその場をあとにした。


「よう、親父」

晴れ渡った春空の下。待ち合わせ場所の夕やけだんだんの階段前に現れた孝之は、毛玉とよれが目立つサマーセーターにスウェットパンツ姿にサンダルで、おまけに無精髭《ぶしょうひげ》を生やしていた。見るからにまともな社会人という雰囲気ではない。

「おまえ、もうちょっとマシな格好できないのか？」

孝之を前にすると、口から小言ばかりが出てしまう。

もし自分の特技を聞かれたら、誰とでも気兼ねなく、明るく話せるところだと答えるだろう。だが、これが息子となると、途端に冷静じゃいられなくなる。今日は頼んできてもらっている身なのだから低姿勢でと決めていたのに、会って数秒でそんな決意は全部どこかに飛んでいってしまった。

「なに、有名フレンチでも行くんだっけ？　あのさ、わざわざ来てやっただけでもありがたく思ったら？」

「仕事のほうは見つかったのか？　まだ無職なのか？」

「はあ？　俺は自宅でフリーライターやってるって言っただろ。会社勤めなんてもう十年前に辞めてるわ」

「生活できてないなら仕事とは言わんだろう」

「ちゃんと普通に生活してるだろうが」

「四十過ぎてアパート暮らしで、世帯も持たないで、普通と言えるのか？」

「親父だって骨董品屋じゃないか。俺のこと、言えんの？」

「俺はもともと三十年会社で勤めたあとに独立したんだ。そして、それで家族を食わせてきた。おまえとは違う」

孝之が苛立たしそうに頭をかきむしって、「ああ、もう。だから会いたくないんだよ」と嘆息するように言う。

俺たちは会って数分も経たないうちにお互いすっかり不機嫌になって、商店街の入り口で黙り込んだ。土曜日の谷中は午前中から活気でいっぱいで、こんなところで仏頂面を突き合わせているのは俺たち親子くらいだ。

家族って、なんでこんなにも難しいのだろう。健康で元気でいてくれれば、それでいいと思っている自分だって心のどこかにはちゃんといるのだ。だが、それを伝えるのは、途方もなく難しく感じられる。

どうにか気持ちを切り替えて、俺は息子を連れ立ってトルンカへと向かう。息子ももちろんこの辺りが地元だが、トルンカのことは知らないはずだ。

案の定、俺が商店街から細い路地に入っていくと、「え？　なに、この先行くの？」と驚き、店の前に着くと感動したような声を出す。

「おお、すげえ。いい雰囲気の店じゃん」

「俺の隠れ家だ」

得意になって俺は言う。なんだか自分が褒められたみたいで気分がいい。

ドアを開けて中に入ると、雫ちゃんが元気いっぱいに出迎えてくれる。

「いらっしゃいませ！　あれ、滝田じい、今日はお連れ様も一緒？」

「ああ、これ、俺の倅《せがれ》の孝之」

「え！　そうなんだ！　こんにちは、いつも滝田じい……お父様にはお世話になってます！」

そういや雫ちゃんって、初対面の人には猫かぶる子だったな。

「滝田じいって呼ばれてんだ？」

孝之がおかしそうに俺を見て言う。

「まあな」

「今日は、滝田さんはテーブル席にしますか？」

「大丈夫だよ、いつもの雫ちゃんで」

俺と孝之はテーブル席に座らせてもらうことにする。カウンターの奥のマスターもこちらに気が付いて、息子に向かって礼儀正しく挨拶する。息子も慌ててマスターにお辞儀を返した。

「いい店じゃん。俺、好きだな、ここ」

店内を見回して笑顔を見せる孝之に、俺は「だろう？」と返す。さっきまでの険悪だった雰囲気が嘘みたいにやわらいで、和《なご》やかに話している。やはり、ここに連れてきて正解だった。トルンカの存在に、またも感謝。

「母さんも来たことあるの？」

「ないな。連れてきたことないし」

「そっか。連れてきてやればよかったのに」

ちょぼちょぼとそんなことを話していると、コーヒーが運ばれてきた。孝之が一口飲んで、「なんだこれ、めちゃくちゃうまいぞ」と目を見開く。なんだかんだで親子だな。俺はうれしくなって、うんうんと頷いた。

「ここ、取材とかできないかなあ？」

「マスターはそういうのは全部断ってるらしいぞ」

「まあ、店の雰囲気で予想はつくけどね。残念だ」

そんなことを少し話したあとで、俺は咳払いして本題に入る。

「……で、照子は、母さんはおまえのところにいるんだな？」

孝之が返答に迷うように、眉間に皺を寄せて、頭をかく。照子に口止めでもされているのか。

「別にそれですぐに母さんに家に戻ってこいと言うつもりはない。おまえのところにいたいと言うなら、それはそれでいい。だが急に音信不通になったら、誰だって心配するだろう」

俺が言うと、孝之は唸《うな》るような深いため息をついた。それから無言で、コーヒーをゆっくりと一口飲む。

なんだ、このもったいぶった態度は。そんなに俺に教えたくないのか。それはあんまりだろう。

「おい、孝之――」

「親父」

俺の言葉を遮《さえぎ》って孝之が言う。

「あ？」

「親父さ、それ本気で言ってるの？　俺をからかってるとかじゃないんだよな？」

「からかう？　なんでそんなこと俺がしないといけない？　からかっていると言うんなら、そうやってちゃんと答えようとしないおまえのほうじゃないのか？」

孝之はしばらく黙ったまま、俺を見つめていた。それから、俯《うつむ》いて小声で言った。

「母さんが帰らない？　俺が匿《かくま》ってるとか本気で思ってるの？　電話で話してたときは、酔っ払ってるのかもと思ったけど……」

「なんだ？　おまえ、なに言ってるんだ？」

「母さんは……もういないだろ」

「はあ？」

「母さんは、八年前に亡くなったじゃないか。一緒に葬式出ただろ。一緒に見送っただろ。おい、頼むよ、親父。忘れちゃったのか？　これ、冗談なら本当にタチが悪いぞ」

孝之の声がなんだか膜越しに聞こえるようだ。耳に届いても、その言葉の意味を理解するのに時間がかかる。こいつはいま、なんと言った？　照子が死んだ？

一瞬にして、かあっと頭に血がのぼる。言っていい冗談と悪い冗談があるだろう。

俺はそこが店内だというのも忘れて、孝之の胸ぐらを摑《つか》んだ。

「おまえ、孝之！」

膝でテーブルを蹴ったせいで、二つのカップがガシャンと派手な音を立てて傾き、中の液体がテーブルに派手にこぼれる。

「ちょ、滝田じい！　なにやってんの！」

雫ちゃんが慌てて止めに入ってくる。息子を摑んだ俺の手を引き剝がそうとしながら、

「なに、どうしたの？　落ち着いてよ。さっきまで普通に話してたじゃん！」

と宥《なだ》めてくる。

「こいつが……最低な冗談を言うからだ」

「悪かった、親父。落ち着いて少し話をしよう。悪かった、俺が」

孝之は慌てて謝ってくるが、俺はもうこいつの顔を見るのも嫌だった。絶縁したってか

まうもんか、こんな親不孝者。

マスターも千代子さんも俺たちのほうを唖然とした顔で見ている。なにより雫ちゃんがびっくりして怖がっているのが、もう本当に申し訳ない。ごめんよ、雫ちゃん。嫌なもん、見せちまって。

俺は孝之から乱暴に手を離して立ち上がり、店の雰囲気がちょっとでも元に戻るようにとおどけてみせた。

「ああ、すまんすまん。いやあ、ジジイになると、ちょっとしたことでもついカッとなっちまう。ちょっと頭冷やして散歩してくらあ。会計はこいつに任せるから頼むね」

そう言って店を出ると、孝之が慌てて追いかけてくる。顔を見ているとまた怒りが再燃してきてしまいそうだから、見たくないというのに。

「ちょっと待ってよ、親父……父さん！」

俺は立ち止まって孝之を睨みつける。

「なんだ？」

「父さんには、たぶん助けがいると思う。一緒に病院に行こう。病院で診てもらおう」

「は？　なにを言ってる？　おまえのほうが診てもらってこい。心のほうをな」

「父さん、頼むよ。母さんはもういないだろ。どうしちゃったんだよ？　俺は息子として心配してるんだよ」

「黙れ！」

俺はそれ以上もう息子に取り合わず、早足で歩き出した。


家に帰り着いたあとも、気持ちはまだ静まらなかった。とりあえず帽子を脱ぐと居間のソファに突っ伏す。

家の中が埃っぽい。ソファにも埃が落ちているのか、喉がいがいがする。この数日、ずっとそうだ。部屋の中も散らかっている。空の湯呑み茶碗や飲み途中のペットボトルがテーブルにいくつも置いてある。なんだ、照子が掃除してないのか？

照子が死んだ？　なんの冗談だ、孝之の野郎。こんなに腹が立ったのははじめてだ。

体を起こし、テーブルに置きっぱなしだったペットボトルの水を一気飲みすると、多少は気分も落ち着いた。

不意に雑然とした部屋の奥、閉じられた仏間の襖《ふすま》が目に入った。そういえば、もう長いこと、この部屋に入った覚えがない。

ふらふらと立ち上がり、なんとなく、本当になんとなく襖の引き手に手をかける。勢いよく開けると、壁際に小ぶりの仏壇が設《しつら》えてある。埃をかぶり、供えてあったらしい花は茶色く萎《しな》びてくったりと頭を垂らしている。

遺影が、飾ってある。

心臓が、ドクンと大きく跳ね上がった。

着物姿で、はにかんだような笑みを浮かべる照子の顔が、そこにあった。

それを見た瞬間、全身から力が抜けて、俺はへなへなと膝から崩れ落ちたのだった。


携帯電話が遠くで鳴っている。画面を見なくても誰からかはわかる。孝之だ。この数日、一日に何度も電話をしてくる。応答する気になれず、ずっと放置してある。いっそ電源を切ってしまおうかとテーブルの上から手繰《たぐ》り寄せて久しぶりに画面を見ると、ショートメッセージが何件も入っていた。

〈これを見たら折り返し電話して〉〈心配なので返信だけでもください〉〈病院には俺も付き添うから〉

そんな言葉が並んでいるのがチラッと見えたが、見なかったことにして電源をオフにして、またソファに寝転がる。

孝之と会った日からこの数日、俺はトルンカにも行かず家に引きこもっている。

なにも考えたくなかった。なにが起きているか理解できないし、この状況に対処する気がまるで湧かない。理解しようとすれば、おそらくその先には苦痛が待っているのだろう。

ならば、そんなものに目を向けず、ただぼんやりと居間の天井を見て過ごしていたい。

そのまま仏壇に供えてあった花みたいに朽《く》ちるのも、そんなに悪くないかもしれない。

そうしてソファに寝転がっていると、不意に玄関チャイムがピンポンと鳴った。

孝之だろうか。いや、あいつなら合鍵で入ってくるか。どっちにしろ、いまは誰かに会いたい気分じゃない。

しかし、そうして無視を決め込もうとしても、チャイムは嫌がらせのように何度もしつこく鳴る。

一体どこのどいつだ？　そんなに鳴らさなくたっていいだろ。怒鳴《どな》りつけてやろうと、玄関まで行って引き戸を勢いよく開けた。

「おい、いい加減に……あれ、雫ちゃん？」

「やっほ。滝田じい」

高校からの帰りらしく、制服姿の雫ちゃんが夕暮れ時の空の下、玄関口に立っていた。

「よかった。出ないなら窓から侵入しようかなって、ちょうど悩んでたとこだったんだよね」

と、いたずらっ子のように屈託なく笑う雫ちゃんを前にしてしまったら、俺の怒りの感情はたちまち消えてしまう。

雫ちゃんはよれよれの姿の俺を上から下まで眺めると呆れるようにため息をついたが、なにも言わず脇をすり抜けて家の中に入っていく。

俺はしばらく呆気《あっけ》に取られていた。だが、我に返ると、この散らかり放題の家を見られるのが恥ずかしくなって慌てて雫ちゃんを呼び止めた。

「雫ちゃん、だめだめ。居間はひどいから」

この家で現在まともなのは仏間だけだ。仕方なく襖を開けると、雫ちゃんを押し込む。

あ、しまった。

当然、雫ちゃんは照子の遺影のある仏壇に目を留める。一瞬の、しかし、とても長く感じられる静寂が辺りを包み込む。

雫ちゃんは遺影をじっと見つめたあとで、俺になんでもないように訊いてくる。

「お線香、あげていい？」

「え？　あ、ああ……」

「花、枯れちゃってるね。ちょっと庭の花、摘んでくる」

そう言うとさっさと庭に出ていき、庭を何往復かしてから花をいくつか手にして戻ってきた。ただのなんてことない菜の花だったが、それだけでも仏壇周りが一気に明るくなった気がした。

雫ちゃんは線香に火をつけ、仏壇の前に正座すると、手を合わせる。その所作が高校生の女の子とはとても思えないほどに手慣れていて、戸惑ってしまう。

でもああ、そうだ。雫ちゃんは大好きだったお姉さんを病気で亡くしているのだ。俺が店に通い出して二年目くらい。雫ちゃんは、あのとき確かまだ十歳くらいだった。

そうして長いことじっと目をつむっていた。その真剣な横顔を見ていると、いまの自分の状況も忘れて、なんだかやるせない気持ちになった。

こんなに若いのに、大事な人を亡くす悲しみを知ってしまった子。この若くて小さな体にはエネルギーがあふれていて、悲しみなんて知らないみたいなのに、でもそれは、確かにこの子の中にあった。

そのことが俺を悲しい気持ちにさせた。俺がもし神様だったら、こんないい子にそんな大きな試練を与えたりなんて絶対しない。神様、あんたは相当底意地が悪いよ。

不意に、ひとつの事実が俺の胸にポンと落ちてくる。

ああ、そうか。

照子はもう……。

自分の身になにが起きているのかは、まだちっとも理解できない。だが、その事実だけは、なぜかいまこの瞬間に理解できてしまった。

照子はもう、この世にはいないという残酷な事実に。

雫ちゃんがようやく顔を上げて、正座の姿勢は崩さずにこちらを向いた。

「雫ちゃん、うちの住所なんてどこで知ったんだい？」

「孝之さんからぜんぜん電話に出てくれないってメールが来たから、わたしが見てくるからって教えてもらった」

俺が怒って帰ってしまったあとで、雫ちゃんは孝之と話して「なにかあったら連絡してほしい」と連絡先を交換したのだそうだ。

「じゃあ孝之からも事情は聞いたんだね」

「うん。孝之さん、とても心配してたよ」

俺が口を噤《つぐ》んでじっと俯いていると、雫ちゃんが「わたしさ」と静かに続けた。

「……お姉ちゃんが死んじゃったとき、悲しくてつらくてもう生きていけないと思った。お母さんはショックから一言も喋らなくなっちゃって、ずっと部屋にこもりきりで、家の中もすごく空気が重苦しくて……。一緒に悲しみたいのにそれもさせてもらえないで、わたしのことなんてどうでもいいんだって思って、とてもとても傷ついた。家にいると窒息しそうで、頭がおかしくなりそうだった」

「雫ちゃん……」

俺がなにか言おうと口を開きかけたのと同時に、「でも」と雫ちゃんがこっちを見てにこっと微笑んだ。

「でも、わたしにはトルンカがあった。そこにはわたしのことをとっても可愛《かわい》がってくれる常連さんたちや幼馴染の浩太がいた。そのいつもと変わらなさが、とってもうれしかった。こんなに温かい場所だったんだってあらためて気付かされて、お店のことがもっと大好きになったよ。あのとき、トルンカがもし存在しなくて、みんながいなかったら、わたし、本当にもうだめだったと思う」

雫ちゃんの瞳から涙が一粒、握りしめている手の甲にぽとりと落ちた。

「あのとき、滝田じいはいっぱいおかしな冗談を言って、わたしを笑わせようとしてくれたね。ぜんぜん面白くなかったけど、わたしの悲しみが少しでも和らぐようにって必死なのが伝わってきて、それが涙が出るくらいうれしかった。一生忘れないでいようって思ったよ」

目から涙があふれてくるのもおかまいなしに、雫ちゃんが俺を見つめる。

「トルンカのみんなは、家族だとわたしは思ってる。わたし、滝田じいが大好きだよ。お父さんもウッちゃんも千代子さんも浩太も沼田さんも、みんなとっても心配してる。滝田じい、病院に行って診てもらってくれないかな。一生のお願い」

俺はなんと言っていいのかわからず、じっと黙っていた。雫ちゃんももうなにも言わない。

二人で向き合ったまま黙っていると、ピンポンとまた玄関チャイムが鳴った。無視していると、何度も何度も鳴らして、挙句に玄関の引き戸を勝手に開けて入ってきた。

制服姿の大きな体が居間のほうから、ぬっと現れた。

「お～す。滝田じい。雫、いる～？」

「なんだ、コウちゃんも来たのか」

「トルンカ行ったら、雫なら滝田じいの家だってマスターに教えられてさ。ほら、俺って過保護だし心配しちゃって」

「いちいち来なくていいんだよ、バカ浩太」

「まあ、そう言うな。で、この人、滝田じいの奥さん？」

コウちゃんは遺影の写真に目を留めて、俺に訊ねた。

「ああ」

「へえ、やさしそうな人だね。滝田じいにはもったいないわ。俺も線香あげていい？」

コウちゃんはそう言うと、きれいな所作で線香に火をつけて手を合わせる。

「ごめんね、滝田じい。変なのまで来ちゃって」

「いや、いいよ」

知ってるさ。コウちゃんはいつもおちゃらけてるけど、とても繊細《せんさい》で人のことを気にかけている子だ。俺のこと、心配して来てくれたんだろう？

「悪いな、コウちゃん」

俺は手を合わせ終わったコウちゃんに言った。

「いいってことよ。それで雫、おまえの用事は済んだのか？　にしても、ひでえ顔してんな」

雫ちゃんは泣いてぐしゃぐしゃになった顔を、乱暴に制服の裾で拭った。

「うっさい」

「じゃあ帰ろうぜ。マイ・スイート・ハニー」

「キモッ！　ひとりで帰れ！」

コウちゃんの登場でだいぶ空気が軽くなった。気づけば俺も自然と笑っていた。ありがたい。

「じゃあね、滝田じい。また近いうちお店でね」

玄関で手を振ってくる雫ちゃんに、俺もとりあえず手を振り返す。

と、雫ちゃんが玄関扉を出たあとでコウちゃんが突然くるっとこっちに体を向けた。その目はいつもとは違って真剣だった。

「雫、泣かせたらだめだよ、滝田じい。わかるだろ？」

「ああ、わかる」

俺は素直に頷いた。

「じゃあ、いい子で言われたとおり病院に行くんだよ？　俺からもお願いな」

コウちゃんは俺の二の腕に軽くパンチをお見舞いすると、またいつものおどけた表情に戻って、手を振って出ていった。

翌週、俺は孝之に付き添ってもらって、都内で一番大きな脳神経外科に行った。半日がかりでＭＲＩなどの検査をして、五日後に診断結果を聞くために再度、孝之と病院を訪れた。

下った診断は、軽度のアルツハイマー型認知症。ＭＲＩ検査によって、脳全体の萎縮が見られたという。

認知症では、記憶障害により過去の出来事の記憶がごっそり抜け落ちることがある。また、記憶が混同して時系列的に物事を理解できなくなる。つまり、ずっと以前に起きた出来事を昨日起きたことのように思い込んだりしてしまう。

さらに症状が進めば、肉親や周囲の人が誰かわからなくなったり、近所を徘徊《はいかい》したりすることも起こる。そうなったら、もう自力での生活は難しい。

症状を根本から治すことはできない。薬を飲むことで遅らせることはできるが、対症療法であり完治させるためのものではない。

そのように担当医からは説明があった。

――記憶が混同して時系列的に物事を理解できなくなって、ずっと以前に起きた出来事を昨日起きたことのように思い込んだりする――

俺の状況に当てはまるのは、おそらくこれなんだろう。

照子とずいぶん前に交わした言葉を、俺はここしばらく現在の出来事のように認識してしまっていたのだ。だが、頭のどこかではそれが過去の出来事であると理解もしていて、俺に教えようとしていた。それらの認識の齟齬《そご》で、俺の頭はひどい混乱をきたしていた……。つまりはそういうことらしい。

孝之は医者の説明を、ひとつずつ噛《か》みしめるように聞いては頷いていた。俺の言動を不審に感じてから、こうした診断が下るのはある程度予測していたみたいだ。俺もテレビで知った知識なんかがあったし、大体のことは理解できたつもりだ。

三十分ほどして診察室を出て、孝之と肩を並べ、病院をあとにした。

少し歩きたい気分だったので、そのままあてもなく歩く。

これからは二週間に一度は経過観察で、病院に通うことになった。

「親父、大丈夫か？」

「ん？　ああ」

「あんまり気を落とすなよ。薬で進行を遅らせることもできるって言ってたろ」

「ああ、俺なら大丈夫だ」

落ち込んでいないといえば嘘になるが、正体のわからない不安を抱えていたここ数日のほうがつらかった。そういう意味では、病名がついたことで、かえって気持ちはすっきりした。

もちろん、病気と向き合わなければいけないし、おそらく一番迷惑をかけることになるのは、身内の孝之だろう。俺としては、病気へのショックよりも、孝之への申し訳なさのほうが大きかった。

俺は隣を歩く息子をチラリと見た。俺の視線に気づいて孝之がこっちに顔を向ける。

「ありがとうな」

「え」

「孝之、おまえが付き添ってくれて心強かったよ。それと、トルンカでのこと、悪かった」

俺の言葉に孝之は、「雪でも降りそうだな」と笑った。

「もう、母さんの件の記憶はわかるの？」

「ああ、実はちょっと前に全部もう思い出してる。認めるのが嫌で、気づかないふりをしてた。……俺は、そのほうが楽だったんだ」

それが雫ちゃんの涙で目が覚めた思いだった。雫ちゃんが俺のことを家族だと思っていると言ってくれたように、俺にとっても雫ちゃんは大切な家族だ。そんな大切な家族にどれほどの心配をかけていたのかと気がついて、俺はようやく目が覚めたのだった。

「先生も言ってたろ。親父は、まだかなり症状は軽いって。それなのに、これだけはっきり症状が出たのは、強い心残りや思い出したくない過去の記憶なんかの心的要因の部分も大きかったんだろうって」

俺はひとつ頷くと、孝之に全てを話した。

照子が他界したのは、八年前のちょうどいまと同じ時期、五月のよく晴れた日のことだった。

お茶の先生の家に行く途中に脳梗塞《のうこうそく》で倒れて、病院に運ばれ、そのまま意識が戻ることなく逝《い》ってしまった。

俺が最後に照子と言葉を交わしたのは、その日の朝だった。

照子は着物を着てこれから外出するところだったが、家を出るまさに直前に「大事な話があるから、夜に聞いてほしい」と思い詰めた表情で言ったのだ。そして俺が聞き返す間もなく、出かけていってしまった。

俺はそのかんざしを売ってしまったのがいよいよバレたのだ、と思って大いに焦った。昼に病院から電話がかかってくるまで、どうしたら離婚を回避できるか、照子に許してもらえる方法はないかと、そればかり必死に考えを巡らせていた。

まさかそれが最後の会話になるなんて、誰に予想がつくだろう。

俺は照子に謝ることさえ、できなかった。生きていてくれれば、許してくれるかはわからなくても、謝ることができた。許しを乞《こ》うことができた。

それができないのが、なによりつらかった。

その後悔の念に押しつぶされてしまいそうで、俺はそこから逃げた。目をそらし、それを事実として受け入れることを拒否した。

トルンカという店を歩いていて偶然見つけたのも、まさにそのころだ。こんな俺を温かく迎えてくれる場所。俺は自分のことを話すのを徹底的に避けて、好々爺《こうこうや》としてその場にいた。居心地がよくて、あの場所にいるときだけは後悔の念に苛《さいな》まれずに、笑って過ごすことができた。

そう、俺は、孝之からも逃げたのだ。一緒に照子の死を悲しもうと望んでいた孝之を俺は拒絶して、怒りを向けた。なぜなら、悲しむより怒っているほうが楽だったから。そして俺が怒れる相手は、息子の孝之だけだった。

いまならわかる。俺は、そうやって孝之に甘えていた。

そうして八年間も、ひとりで停滞した毎日を送り続けていたのだ。

照子がいなくなったいまごろの季節は、毎年、特につらかった。病気の症状が強く出たのは、医者が言うように、そうした心のストレスが関係あったのかもしれない。

「孝之、本当にすまない。いままでずっとすまなかった」

俺が頭を下げると、頭上でずずっと洟《はな》を啜る音がした。

「やっと母さんのこと、親父と話せた。ずっと話したかったんだ。親父は母さんが死んで、心を閉ざしちゃってただろ。俺も気が短いからさ、親父がそういう態度でくると、頭きちゃって。どんどん悪化してってたもんな。でも本当はさ、親父と母さんのこと話したかったんだよ。一緒に悲しみたかったんだよ」

「うん、本当にすまん」

俺は頷きながら、何度も頭を下げた。

「今度さ、酒でも飲みながら母さんのこと話そうよ」

孝之の言葉はありがたい。本当にありがたい。

だが、少し戸惑ってしまう。俺に照子を偲《しの》ぶ権利はあるんだろうか……。

「照子はきっと俺と同じ墓に入るのを望んでいないだろうな……。離婚するつもりだったんだし。いまさら籍は抜けないだろうが、お墓くらいは別にしないとな」

「あー、母さんが大事にしてた、かんざしの件?」

「ああ……」

「俺も母さんが、そのことを知ってたかどうかは知らないよ。もしかして知ってて黙ってたかもしれないし、まだ本当に知らなくて、知って怒り狂ったのかもしれない。それこそ本当に離婚とかの話になってたのかもしれない。それはまあ、本人以外は誰にもわからないし、だから俺たちが知る術《すべ》はない」

「ああ。その通りだよ」

「でも、その日の母さんの『大事な話』がなんだったのかは、だいたい想像がつく」

「は?」

孝之の言葉に、俺はひどく驚かされて顔を上げた。

「なにしろ俺、あの日の二日前に母さんから電話で相談受けたからね」

「相談？　相談ってなんだ？　そんなの、俺は聞いてないぞ！」

「そりゃそうだよ。親父には内緒でって言われたんだから。まさか親父がその話をずっと気にしてたとはね。だったら、もっと早く話して聞かせたものをさ。天国の母さんも、親父がこれだけ苦しんでるって知ったら、きっと話しても許してくれると思う。つまりさ……」

「ちょ、ちょっと待ってくれ！　まだ心の準備が。年寄りの心臓を少しは労《いたわ》ってくれ」

慌てて言いかけた孝之を止めた。まさかこんな形で長年の疑問が解けるとは。

あんなに深刻な顔で照子が伝えたかったこととは、なんだったんだ？　三行半《みくだりはん》を突きつける以外の話だったとは到底思えないのだが。それとも、かんざしの件以上になにかとんでもないことを俺がやらかしていたとか？

怖い、怖すぎる……。

緊張で情けないくらい膝ががくがくと震える。

だが直後、孝之の口から聞かされた真実は、本当に、まったくもって、俺の予想外の話だった。

「いらっしゃい、滝田じい」

その週の日曜日。あまりに久しぶりでなんだか照れ臭い気持ちでトルンカの扉を開けると、雫ちゃんがいつもの明るい笑顔で迎えてくれた。

店内には、いつものようにコーヒーの芳醇な香りが満ちている。本来なら、その香りを幸せいっぱいに吸い込むところだが、まずはすべきことがある。

雫ちゃんとカウンターの中にいるマスターに、俺はしっかりと頭を下げた。

「マスター——立花さん、先日は醜態《しゅうたい》を晒《さら》してしまって、本当にすみませんでした。それと雫ちゃん、家まで来てだらしない老人の尻を叩いてくれてありがとう」

「誰も気にしてませんから。そんなふうに言われたら調子が狂っちゃいますよ」

マスターが慌てて言うと、雫ちゃんもそれに頷く。

「そうそう、滝田じいはちょっとくらい太々《ふてぶて》しいくらいでちょうどいいよ」

二人は同時に笑ってくれた。親子だな。笑い方がそっくりだ。

それから俺は、簡単に病気のことや記憶障害のことを説明したあとで、マスターにずっと疑問だったことを訊いてみた。

「マスター、この間、店の前で俺にすごく心配そうに話しかけてきたじゃない？　あのときにはもう、俺の様子がおかしいと思ってたんだよな。でも、どうして？」

「滝田さん、うちの店に来るようになって一年くらい経ったころだったか、珍しく夜の空《す》いた時間に来て、自分のことを話されたことがあったんです。『今日は妻の命日なんだよな』って。本当にその一度きりでしたけど、普段は語りたがらないご家族のことを話されたので、とても印象に残っていたんです。だから……」

「ああ、だから俺が女房に離婚されそうだって慌ててる姿を見て、変だと思ったんだな」

「そういうことです」

たぶん感傷的になってポロッと口をついた言葉だったんだろう。俺自身でも忘れていたそんな小さな呟きを覚えていてくれるなんて、やっぱりマスター、あんたはいい男だよ。

俺はマスターに礼を伝えてから言った。

「とにかく、そういうわけで、いつまた症状が始まって妙なことを言いかねない。だから、そのつまり……もう、これからは……」

もうここには、あまり来ないようにする。

そう言いたいだけなのに、言葉が出てこない。

俺にとって、こんなに落ち着く場所はない。ここに集う人たちが、俺は大好きだ。みんなに会えないのはつらい。でも、これから先、大好きな彼らに迷惑をかける可能性があるなら来ないほうがいい。大事な居場所を失うのはつらいが、仕方のないこと。

「ちょ、ちょっと？」

俯いて話していたら、いつの間にか背中に回っていた雫ちゃんに突然がしっと両肩を摑まれた。華奢《きゃしゃ》な体からは信じられないほど強い力で押されて、問答無用とばかりにいつもの端っこのカウンター席に押し込まれてしまった。

雫ちゃんはなにも言わない。俺がとてつもなく愚《おろ》かなことを言ったみたいに呆れた表情でこっちを見て肩をすくめ、水の入ったコップを置いてさっさと行ってしまった。

「滝田さん、今日もブレンドで？」

「あ、ああ……」

マスターに問われて反射的に頷いてしまう。

カウンターの一番端っこの席から、俺は自然と店内を眺める。いつもの見慣れた景色がそこにはあった。

俺は、これからもここに来ていいんだろうか。

面白い冗談のひとつも言えず、気難しくて、それでいてかまってほしがりで、これからいろんなことをきっとどんどん忘れていっちまう厄介なじいさん。世間から老害と言われても仕方のないじいさん。

それでも、俺はここに来ていいのだろうか……。

と、雫ちゃんがコーヒーを運んできてくれて、俺に言う。

「うちのコーヒー、こんなに飲む期間が空いたの、常連になってからはじめてじゃない？」

「あ、ああ、そうだね」

縁ぎりぎりまでなみなみと注がれているコーヒー。立ち上る芳醇な香りと白い湯気。

俺は辛抱たまらずカップを手に取り、一口飲む。

「うまい」

ため息と一緒に、心の底から言葉が出てきた。

うまい。ただ、それだけ。

大きな幸福感に抱かれる感覚。

未来の心配も、過去の後悔も忘れて、ただ、いまはその幸せに浸る。

それは、なんて贅沢《ぜいたく》な時間なのだろう。

これがもう飲めないなんて不幸、とてもじゃないが耐えられそうにない。

カウンターの奥に立つマスターと目が合う。マスターは静かに微笑むと、小さく、だけどしっかりとひとつ頷いた。まるで俺の心の中の声を聞いて、「それでいいんですよ」と応じるように。

「ところで、いまさらかもだけど」

最後の一滴まで飲み干したところで、水を注ぎに来た雫ちゃんが不意に言った。

「滝田じいの奥さんのかんざし、ちょっと前に見つかったんだよね」

「え?」呆気に取られて聞き返した。「似たものじゃなくて本物ってこと?」

「これなんだけど」

と雫ちゃんがスマホで見せてくれた画像のかんざしは、俺の記憶に寸分違《たが》わぬ品だった。椿が描かれた純金蒔絵の美しいかんざし。画像だけでは確証はないが、名匠による完全手作りの一品ものだから、ここまでそっくりのものが他にあるとは思えない。おそらく照子が持っていたかんざしそのものだろう。

「よく見つかったなあ」

これがインターネットの力というやつか。感心していると、雫ちゃんから予想外の答えが返ってきた。

「いや、それがさ、わたしの投稿だけじゃぜんぜんリポストも閲覧数も増えなくて、無理かなと思ってたんだけどさ。なんか突然、田所ルミがその投稿をリポストしてくれてさ。『私の大切な友人がこのかんざしを探しています。心当たりのある方、いませんか?』って。そこから一気に閲覧数も増えて」

田所ルミ？　突然出てきた名前に、口をあんぐり開けて驚いた。

「でも、なんで田所ルミが突然？　意味がわからないよねえ」

まったくだ。どういうつもりか知らないが、ずいぶん粋なこと、やってくれるじゃないか。今度会ったら、お礼もかねてコーヒーの一杯でも奢《おご》ってやろうかね。この前、缶コーヒー奢ってもらったし。

それでどうなったかと言うと、田所の投稿を見た京都の老舗《しにせ》の和装小物店が、「うちで高値のついている商品にそっくりなのがある」と連絡をしてきてくれたのだとか。雫ちゃんがメールで商品の出どころを聞くと、八年前にお客さんから買い取ったものだと言われたという。

「八年前なら俺が売った時期と一緒だよ！」

「たぶん、滝田じいの店で買った人が売ったんだね」

「あー、あのときの客は転売屋だったってことか。よそならもっと高く売れると知ってて買ったんだな。女の人だったし、てっきり自分で使うために買ったんだと思ってたよ」

同情するような顔の雫ちゃんに現在売られている値段を教えられ、俺は心底ゾッとした。

「二十五万んん!?」

「てことで、見つけたのはいいけど、買うにはちょっとね」

雫ちゃんが気落ちした声で言うが、そもそも二週間前、かんざしの捜索を頼んだときといまでは、まるで状況が違う。

照子がいないと俺が理解したいま、これを買い戻したところで本人に渡すことはできない。もちろん他に使い道もない。つまり買い戻したところで、もう意味などない。

だが――

「買うよ」

俺は即答した。

「え？　本気？」

驚く雫ちゃんに向かって、俺は強く頷いてみせた。

大した貯金もない。これから認知症の治療費だってかかる。この金額の出費は相当に痛い。だが、これで照子の大事にしていたものが返ってくるなら、なんとしてでも取り戻したい。結局いまの俺にできるのは、それくらいしかないのだから。

そうして一時間後、雫ちゃんに頼んでネット上での決済方法を教えてもらい、俺はそのかんざしを買い戻した。

なんとボタンひとつで、八年もの長き後悔の元になった品が取り戻せてしまった。明後日には家に届くらしい。インターネット、恐るべし。

「マスター、まだいいかい？」

三日後の夜、トルンカを訪れた。閉店二十分前でもう客もひとりもいない時間だったが、マスターは俺を見ると、「滝田さんが夜にいらっしゃるとは珍しいですね」と迎え入れてくれた。

俺は礼を言うと、いつもの一番端っこの席ではなく、カウンターの真ん中の席に座った。ブレンドコーヒーを頼むと、目の前でマスターが準備に取りかかる。夜の店内はいつにも増してランプのオレンジ色の灯りが美しい。マスターの後ろの棚に並ぶカップたちも深い陰影をつけ、眠るように静かに身を横たえている。

マスターがコーヒーの入ったカップをそっと差し出し、それを一口飲む。

俺が気まぐれで来たわけではないとマスターもわかっているのだろう、目の前でグラスを丁寧に拭きながら、こっちが切り出すのを待っている。

「マスター、頼みがあるんだ」

「……なんでしょう？」

俺は昨日届いたばかりのかんざしを懐から取り出して、紙ナプキンをカウンターに広げると、そっと置いた。

「これは、滝田さんの奥様の?」

「そう。俺がこの前、買い戻したやつ」

とんでもなく高い買い物になっちまったがね、と俺は苦笑してから言った。

「こいつをさ、マスターに預かっておいてほしいんだ」

「え?」

「俺は自分を信用してないからさ。手元にあったら、また血迷って売ったりしないとも言いきれない」

「さすがにもうそんなことしないでしょう?」

「俺もそう思うよ? でもさ、これから病状が悪化していけば、俺はきっとまたいろんなことを忘れちまう。それでまた売っちまうなんて可能性もゼロじゃない。だが、これを持たずに、俺はあの世には旅立てない。照子に再会するときは、それが必要なんだ。だから頼めないかな」

かんざしをじっと見つめて話を聞いているマスターに、俺はさらに言った。

「でな、俺が死んだら棺桶にそのかんざしを入れてやってくれないかな。天国だかあの世だかわからないけど、照子にまた会えたとき、返すんだ。そうしたら、俺はやっとあいつに謝れる。俺はあいつに何遍でも謝って許しを乞わないといけないんだ。それは、あの世に行ったあとでも変わらない」

「滝田さん……」

「頼むよ、マスター。こんなこと頼めるのはマスターしかいないんだ」

俺が真剣な顔で見つめると、マスターは心を決めたように大きくひとつ息をつき、かんざしを手に取った。

「わかりました。お引き受けします。でも、その日が来るのは、まだずっと先のことだと私は思っています」

「ありがとよ。もちろん俺もまだ先の話であることを願ってる」俺はそう言っておどけるように眉を上げた。「なにしろこんなでっかい買い物しちゃったから、働いて生活費を稼がないとね。でな、倅がうちの潰れかけの骨董品屋を手伝ってくれるって言うんだ。ライターの仕事しながらでも、ネット通販のほうならできるからって」

「やさしい息子さんじゃないですか」

「ああ、本当に」

孝之の話題が出たことで、ふと病院帰りに聞かされた話を思い出した。

つまり、照子が俺に言おうとしていた「大事な話」のことだ。

それを聞かされたときの衝撃まで、一緒に胸に蘇ってきて心臓の音が速くなる。

照子は、俺にある許しを得ようとしていたそうだ。俺からしたらなんのことはない、だが照子にとっては一大事の出来事だった。

照子は、〈ゆめっき☆〉とかいう五人組の男性アイドルグループに夢中だった。

俺に知られたら、「年甲斐もなくそんなものに夢中になって」と絶対バカにされると思い、ひた隠しにしていたらしい。

しかしある日、〈ゆめっき☆〉の初の全国ツアーのチケットに、幸運にも当選した。ファンクラブで申し込んでも倍率は三十倍とかの、かなりレアなチケットだ。

だが、問題がひとつあった。そのチケットが大阪公演のものだったのだ。大阪で夜の部のコンサートだから、日帰りは不可能で一泊するしかない。当然、俺は理由を聞くだろう。そして事情を知れば、きっとバカにするだろう。自分のことはいいが、〈ゆめっき☆〉のことを偏屈ジジイの俺に笑われると想像しただけで、はらわたが煮え繰り返る。だが、一生の思い出のためにも、コンサートにはどうしても行きたい。

結局、照子は苦渋の決断で、俺に話すと決心した。孝之はその相談に二日前に乗っていたという。孝之が最後に電話で話したときの照子は、鼻息荒く、「なんとしてもコンサートに行く！　お父さんを張り倒してでも行く！」と意気込んでいたそうだ。

ひとり真実を知っていた孝之は、出棺の際に照子が大事に集めていた〈ゆめっき☆〉グッズと、行けずに終わってしまった当選チケットを棺に入れてやったのだという……。

俺はその話を聞いて、ただただ呆然としてしまった。

それが照子にとっての「大事な話」だったなんて、そんなこと、わかるわけないじゃないか。

長年の謎が解明されたのはよかったし、離婚話でなかったことにも心からホッとはしてはいる。

だが、胸に去来するのは、俺が照子のことをなにも知らなかったも同然だったという、驚きと後悔だ。

あいつが、そんなに夢中になっていたものがあったなんて。そんなに好きだったものがあったなんて。

同じ屋根の下に暮らしていても、なにひとつ知らなかった。ほろ苦い思いが、コーヒーの味と混ざり合う。

ふいに、カウンターにぽつりと小さな水滴が落ちた。はっと顔を上げると、今度は頰に冷たいものが伝う。

不覚にも俺は、泣いていた。悲しみを感じるよりも先に水の粒が出て、それから猛烈な感情が胸に湧いてくる。

照子のことが、恋しくてたまらない。

俺は、どうして大切な人に、きちんと大切な想いを伝えられなかったのか。どうして、大切な人の好きなものを知ろうともしなかったのか。もっと思いやりを持って、接することができなかったのか。もっとやさしい言葉をかけてやりたかった。もっと一緒に出かけたり、笑ったり、そんな単純なことがしたかった。もっと夫として、家族として、できることはたくさんあったはずなのに。

肩を震わせながら、俺は俯いた。

「すまん、老いぼれたじいさんの涙なんて見たくないよな。でも、ちょっとだけこのまま泣かせてほしい……。大切な人に大切だって、もう伝えられないってこんなにつらいことなんだな。いまさら後悔の気持ちで、胸がはち切れそうだよ」

俺の言葉に、グラスと布巾を手にマスターが静かに頷く。

「私も菫《すみれ》を亡くしてから、ずっとそういう気持ちをどこかに抱えています。どれだけ自分があの子を愛していたか、もっと伝えればよかったってふと後悔に襲われるんです」

「マスターみたいな男でもかい？」

「私はそんなに強いわけでも、完璧な人間なわけでもありません。思い返せば、後悔だらけです。でも、自分にできることは、それらの後悔と共に生きていくことだと思うんです」

後悔と共に生きる、それが自分にできることか……。

さすがマスター、いいことを言う。

胸に、微《かす》かな希望の光が灯《とも》る。

ならば、俺もこの後悔と一緒に生きてみるしかない。

いつかすべてを忘れてしまう日が来るとしても。それまで大切にこの気持ちを持ってい
く。

そう決めたら、心が不思議と軽くなった。俺は大きく息をひとつ吐いた。

「俺もそうするよ」

涙を拭いて、誓いを立てるように言った。

「後悔と共に生きてみる。ありがとう、マスター」

カウンターの中に立つマスターの顔に、穏やかな笑みが広がる。

ここで黙っていられれば良い話で終わるのは、わかってるんだ。だが、我慢できなくな
って言ってしまった。

「なあ、俺たち、いますごくかっこよくないか？　夜の喫茶店で、こんな語っちゃってさ
あ。映画のワンシーンみたいだよなあ？」

たちまち、マスターの眉間に皺が寄る。

「それは、さすがに言いすぎでは？」

せっかくキマったと思ったのに……。まあ、それも俺らしいか。俺は心から礼を言うと、トルンカをあとにした。


翌朝、七時に目覚まし時計がけたたましく鳴る。

トイレを済ませ、顔を洗うため、まだ寝ぼけたまま洗面台の前に立つ。

鏡の中に映る顔を見て、やっぱり今日も、むむっと思う。

禿げ上がった頭に、雪のように真っ白い眉をしたじいさん。いかにも気難しそうに眉間に皺を寄せている。

「よう、俺」

俺は鏡の自分に向かって話しかける。

滝田誠司。七十四歳。生まれも育ちも東京の谷中。現在、長らく開店休業中だった骨董品店を再開するために息子と奮闘中。妻とは八年前に死に別れた。軽度の認知症を患っている。

大丈夫、ちゃんとわかる。わかるぞ。

たくさんの後悔を抱えた、情けないじいさん。

だけど、それもひっくるめて抱えて生きていくと誓ったじいさん。

そう、それが俺だ。俺なのだ。

歯を磨き、服を着替えて、仏壇前に座って、心の中で話しかける。

おはよう、照子。

今朝も外はいい天気だ。今日は孝之とうちの店の今後について話し合うため、トルンカに行くよ。え？　孝之と二人なんて珍しいって？　これが最近じゃけっこう仲良いんだぞ。あいつに協力してもらって、店を立て直すんだから。

だからさ、もうちょっとだけ待っててくれな。会えるのを楽しみにしてるよ。それまで、もうちょっと、こっちで頑張ってみるから。生きてみるから。こんな俺のこと、心配してくれる人たちがいるからさ。

そっちに行くときは、かんざしを持っていくから。

そしたら、俺に謝らせてくれ。俺のこと、めちゃくちゃに怒ってくれ。口汚く罵《ののし》るなり、叩くなり、なんでもしてくれ。

それで、もし許してくれるのならば、そっちでもまた一緒に暮らしてくれないかな。お前と一緒に、いろんな話がしたいんだ。

俺はゆっくりと目を開き、立ち上がる。
さあて。今日一日をはじめよう。やることは、いろいろあるんだ。
まずはラジオ体操、それから朝食を作って食べる。そしたらトルンカに行こう。
部屋を去る前に、もう一度妻の遺影を見る。
写真の中の照子が、ほんの一瞬、笑いかけてくれた気がした。

傷だらけのハリネズミ

「久子《ひさこ》は大きくなったらなにになりたい？」

低くて野太い声が、問いかけてくる。八歳のあたしは、対面に座っている父を一瞬ポカンと見る。だって、いつも無口でぶっきらぼうな父が、そんなことを訊《き》いてくるなんてはじめてのことだったから。

近所にある、うらぶれた路地裏にある喫茶店。無愛想で陰気なおばあさんがやっているその店は、他に客がいることもほとんどなく、換気扇が回る音だけがやたら響いた。

それでも、掘立て小屋みたいな狭い家に住み、倹《つま》しい暮らしをしていたあたしたち親子にとって、そこに行って好きな品を頼むのは一番の贅沢《ぜいたく》だった。

父の前に置かれたカップに入ったコーヒーは、相当煮詰まっていて墨汁《ぼくじゅう》みたいにどす黒い。でも父は、それをさもうまそうにゆっくりと飲んだ。そして、その店にいる間は、家にいるよりも口数が増えるのだった。

あたしはクリームソーダを一口飲んでから、父の問いに力いっぱい答えた。

「えっとね！　女優さん！」

「女優？　女優っていうのは、あのテレビなんかで演技している人のことか？」

「そう。あたしもあんなふうにキレイな大人になって、それでね、お芝居して人に見てもらうの」

「そうか、久子にはそんな大きな夢があるのか。うん、久子なら、間違いなくなれるな」

「でも、ワタル君はブスのあたしなんかは女優に絶対なれっこないって言うの。だからね、タマ蹴っ飛ばしておいた」

あたしが胸を張って言うと、父は少し笑った。分厚いジャンパーを着ている父は、浅黒く日焼けした額にうっすら汗をかいていた。そのくたびれた紺色のジャンパーは建設会社で現場仕事をしている父の仕事着で、仕事のない日もいつも着ていた。

半年前、作業中に背中に大怪我《おおけが》をしてしまった父は、仕事に出る日ががくんと減った。母が家を突然出ていったのも、そのころのことだ。それから父は唐突に老《ふ》けた。無精髭《ぶしょうひげ》には、いつの間にか白髪が目立つようになっていた。

「女優になってお金持ちになったらね、お父さんにお城みたいな大きな家、プレゼントしてあげるね。それで一緒に住もうね」

あたしは無邪気《むじゃき》に言った。

「それは楽しみだな。でもお父さんはそんなものプレゼントしてもらわなくても、久子が幸せで楽しく生きてくれればそれでいいよ」

父はそう言って微笑《ほほえ》むと、なぜか突然とても切なそうな顔であたしを見てきた。

「久子、ごめんな」

「なにが？」

「いろいろ……全部だ」

「いろいろってなに？　なにもないよ」

屈託ないふりをして笑った。あたしが笑えば、父も笑ってくれると知っていたから。

「そうか……。なあ、ホットケーキ食べるか？」

「いいの？」

「ああ。お前が将来お金持ちになったら、何倍にもして返してもらうから」

「やったあ！」

貧しかったけれど、あたしは幸福に満たされていた。

あたしには、夢があったから。

あたしには、父がいたから。

それなのに、どうしてこうなったのだろう。

どうして自分は、父を捨てたりしたのだろう。

「おい、ルミ！　聞いてるのか？」

はっと顔を上げた。日焼けマシンでテカテカに日焼けした社長が、高級そうな執務室の机に陣取って、いまにも摑《つか》みかかってきそうな顔で睨《にら》んでいる。

そうだった、社長に呼び出されてたんだっけ。なんだかうんざりすることばかりの日々に疲れて、最近は妙に現実感が薄い。いまだってあたしの心は、いつの間にか二十年も昔に飛んでいた。

「あ、すいません。あんまり聞いてませんでした」

社長が心底呆《あき》れたように肩をすくめ、吐き捨てるように言う。

「なら、もう一度言う。ルミ、おまえとの契約は今日で終了とする」

芸能事務所〈スターライト〉の社長室は恐ろしく乾燥していて、くしゃみが出そうになった。慌てて手で口を押さえた姿を見て、社長はあたしがテンパってるとでも思ったらしく、勝ち誇った笑みを漏らす。

「うちの事務所にはおまえ以外にもいくらでも有望な若手がいるんだ。それなのにおまえときたら仕事は選り好《え》みするわ、主演女優の演技に口出すわ、おまけにまた現場で監督と揉《も》めたって？　降板になるのは、これで何度目だ？　もう、うちで面倒見るのも限界だ」

「そうですか。じゃあ、辞めます。お世話になりました」

あたしはさっさと部屋を出て行こうとした。なんと言っても、ここは空気が乾燥しすぎている。

「おい、待て！　まだ話は終わってないぞ！」

なぜか大声で呼び止めてくる社長に、あたしは振り返ってうんざりした目を向けた。

「えっと、もう契約終わりなんですよね？　これ以上話すことないと思うんですけど」

「おまえ、前の事務所もそうやって無責任に辞めたんだってな？　そんな不義理ばかり働いてて、この業界で生きていけると思ってるのか？」

「でももう、社長にはなんの関係もないのでは？　だって契約終了なんでしょ」

「俺は、それでいいのかって聞いてんだよ！　おまえ、女優の仕事が好きだったんじゃないのか！」

「好きですよ。だから、あたしなりにがんばってやってきたつもりでした。現場でぶつかるのだって、いいものを作ろうって一心からなわけで。お茶を濁《にご》したみたいなものを作るんじゃなくて、観てくれる人が感動してくれるものをあたしは作りたかっただけです。社長にはそれが伝わっていなかったのでしたら、そこは申し訳なく思います」

「おまえがそうやって好き勝手に振る舞う尻拭《しりぬぐ》いをするのが、こっちだって言ってんだ！

申し訳ないと思ってるんなら泣いて土下座して、許しを乞《こ》うて見せたらどうなんだ！」

「でも、契約終了なんですよね？　それがそんな簡単に、ちょっと泣いたり土下座すると覆《くつがえ》るんですか？　だったら、やってもいいけど、確証がないのにやる気は起きないです」

「おまえ、それ本気で言ってるのか？　おまえとはまだ数年の付き合いだが、俺は事務所の若手はみんな、自分の子どもだと思ってる。だから俺はおまえのためを思って……。このままじゃおまえが絶対に悪いほうに行くと思って……。そんな俺の親心を踏みにじるわけか？」

「あら、そういう安っぽい台詞《セリフ》って、人心掌握術《じんしんしょうあくじゅつ》の本とかで覚えるんですか？　いつも読まれてますもんね」

「もういい！　出てけ！　どこでも好きなとこに行っちまえ！」

社長がなにかをこっちに思い切り投げつけてくる。と思ったときには、ティーカップが頬すれすれをかすめて背後の壁でパリンと砕《くだ》けた。内心ビビッたけれど、感情のスイッチを素早く切って、無感情に返す。

「引き止めたのは、そちらですよ？　じゃあ失礼します」

もうどうだっていい。なんでこんな面倒ごとを我慢してまで、がんばってるんだろう。がんばり続けることに意味があるんだろうか。

　社長室を出ると、予想通りマネージャーの河井《かわい》さんがドアの外で待っていて、こちらの機嫌を窺《うかが》うようないつもの顔で見てくる。素通りしてしまいたいのだけど、体の大きな彼女は完全に通路を塞《ふさ》ぎ、あたしが通れるスペースはあいにく空いていなかった。

「ルミさん……」

「おつかれ、河井さん、くしゅん！」

　派手にくしゃみをすると、河井さんは一瞬呆れた顔になった。

「失礼……。まあ、そういうことになりましたんで」

「ルミさん、いいから社長のところに戻って謝りましょう。いまなら間に合います。私も一緒に謝りますから」

「なんであなたが謝る必要があるの？　ないよね、これはあたしの問題だし」

「そんな言い方……」河井さんは唖然《あぜん》として言った。「この五年間、一緒にがんばってきたじゃないですか。私は一蓮托生《いちれんたくしょう》の思いでやってきましたよ。去年はじめて映画の主演が決まったときだって、二人であんなに喜んだのに」

「あたしはただ、ひとりで喜んだだけよ。一蓮托生とか、勝手にこっちにおぶさってくるのやめて？　まあ、あたしがいなくなれば、河井さんももっと扱いやすくて将来性のある子の担当になれるかもしれないですよ」

「そんな……」

「あたしのマネージメント業務、相当ストレス溜《た》まってたでしょ、十以上も年下の売れない女優に小間使いみたいな扱いされて。ごめんね」

河井さんは大柄なのにおとなしい性格なことから、他のマネージャーやスタッフからは「気弱デブババア」と陰で笑われている。陰でこそこそ人の悪口を言うのが三度の飯より好きな最低な連中。この業界はそんな魑魅魍魎《ちみもうりょう》ばかりだ。あたしとしては、そんな連中じゃなくて、河井さんがマネージャーでよかったと思っている。この業界にはまったく向いていない善人だけど、嫌いじゃなかった。せめて次はもっと、気楽に仕事ができることを願う。

「そりゃ大変だって思うこともありましたよ。ルミさん、気難しいし。すぐに現場で揉めてピリピリオーラ出すし。でも、それだって本当に女優の仕事に誇りを持っていたからで……。こんな終わり方、悲しすぎます」

「まあ人生ってそんなもんでしょ」

「……ハリネズミみたい」

あたしがあっけらかんと言うと、河井さんがその巨体を震わせ、めそめそと泣き出した。

「は？　なんて？」

「いつもそうやって自分自身にハリをまとわせて、近づく人を攻撃して……。そうやって傷つかないように自分を守ってるだけなんですよね？」

「はあ？　知ったふうなこと言わないでくれる？」

あたしのことを批判するなんて、普段だったら許さないところだ。でももう彼女に会うのは最後だし、溜まっていた鬱憤《うっぷん》を吐き出すくらいの権利は彼女にもある。それくらいは世話になった。ハリネズミだろうがハリセンボンだろうが、いっそ好きに呼べばいいや。

「そんなふうに生きてても、ひとりぼっちになるだけなのに」

「あなたに生き方をとやかく言われる覚えはない」

「……これから、どうするんですか？」

「決めてない」

「女優、ほんとに引退しちゃうんですか？」

「もう、それは決めた。ハリネズミにだって、ハリネズミなりにプライドがあんの。まあ、なにかしらして生きていくんじゃない？　まだ三十歳だし。あ、プロフィールでは二十八歳だったっけ」

湿っぽくならないように冗談めかして言ったのに、河井さんはさらにでかい声で泣き出した。あたしは面倒くさくなって、彼女を置いて事務所をあとにした。

――のだけど。

事務所を辞めて清々《せいせい》したのはほんのひとときのことで、マンションの部屋にこもって三日も過ごしているうちに、ひどい後悔と不安に襲《おそ》われることになった。

自分が何者でもなくなった、それがこんなにも心細いとは想像もしていなかった。寄る辺のない心もとなさというものを、はじめて知った。

ベッドに寝転がったきり起きる気力さえなく、数日を過ごした。眠っても嫌な夢ばかり見るだけだから起きようと思うが、スマホを立ち上げる勇気すら出ない。いまごろきっと、恰好《かっこう》のネットニュースの餌食《えじき》になっていることだろう。大衆は、芸能人の解雇とか引退とか不祥事とか、そういう話がなぜか大好きだ。たとえ、あたし程度の知名度でも。

――果たして、この生き方は、正しかったのか。

そんなことを、この数日、ずっとぐるぐる考えてしまう。

夢を叶えるために、いろんなものを捨てた。いま、昔の自分を知っている人はひとりもいない。かつて深い縁のあった人たちで、つながっている人はひとりもいない。それどころか、もし会ったとしても、あたしだと思ってもらえないだろう。芸能人になるために、ずいぶん自分を改良した。もうかつての面影は残っていないと言ってもいい。

「どっか行って、人に会わないとおかしくなるかも……」

ベッドに寝そべって、呟《つぶや》く。

人間って防衛本能がちゃんと体に染み付いているんだなと思う。いままで滅多にそんなことを思わなかったのに、いま、自分は人との交流を切望している。女優という仮面を被ったあたしじゃない、本当の自分で誰かと話したり笑ったりしたい、という衝動がわいてくる。

と言っても、誰かにバカにされたり弱みを見せたりしないよう、ずっと神経を尖《とが》らせてきたあたしにとって、そんな知り合いも場所もあるはずがないのだが……。

「あ……」

不意に去年の秋の出来事が脳裏に浮かんで、がばりとベッドから半身を起こした。

そうだ。映画「彼女のかけら」を撮る際、とある店でロケをしたことがあった。谷中《やなか》の商店街の袋小路にある小さな喫茶店、なんだか変わった名前だった。たしかトルンカといったっけ。

そこで、あたしはちょっと変わった少年に出会ったのだ。

名前は……浩太《こうた》だっけ。

そいつは異常な人懐っこさで、あたしの鉄壁の〈近寄ったら殺すオーラ〉をくぐり抜け、ぐいぐい距離を詰めてきた。いつの間にか、あたしも一緒にいるのをひそかに楽しむようになって、それで最後には二人でホテルまで行ってしまったのだ。いやいや、相手は子ども。もちろん、なにもなかったけど。でも、あんなに誰かと素の自分で接したことはもう何年もなかった。

「トルンカか……」

たしか、トルンカは浩太の幼馴染のお父さんの店って話だった。

あのときは初主演のプレッシャーで周囲をちゃんと見る余裕なんて少しもなかったけれど、あとで完成した映画を観たら、その喫茶店の何気ないシーンは作中でも群を抜いてよかった。喫茶店の雰囲気はもちろん、あたしの背後に見切れるように映っていたマスターの所作《しょさ》がとても美しかった。あれこそまさに、自分の仕事に誇りを持っている人の佇《たたず》まいだ。

浩太に会うついでにお店を訪ねたら、あのマスターのコーヒー、飲めるな。あの人が淹《い》れたコーヒーはどんな味がするだろう。

「トルンカ、行ってみるかな……」

とはいえ、それで店に直行するほど、あたしは素直な人間でもなかった。六本木《ろっぽんぎ》のマンションからタクシーで谷中まで行ったのはいいが、急にむくむくとプライドがわいてきた。

考えてみれば、撮影時のあたしは最高に態度が悪かった。いまになって何事もなかったように店に顔を出すのは、かなり恥ずかしい。しかも、あたしの女優引退のニュースを店の誰かが知っていないとも限らない。

結局、トルンカに行くのはパスして、その足でパチンコ屋へ行った。そしてそのまま、パチンコという沼にどっぷりハマってしまったのだった。

いや、実際何度かはトルンカまで行こうとはしたのだ。でも、店に行くには賑《にぎ》やかな商店街を通り抜けなければならず、そこでまずつまずいた。そこには活気があって、笑顔がたくさん咲いていて、なんだかいまのあたしにはすごく場違いに思えた。バリアが張られているみたいに、あたしだけがそこから弾《はじ》き出される感じ。

「ああ、なにやってんだろ」

大音響の店の中、自分で自分にツッコミを入れる。この三週間、ほとんど毎日パチンコ店通い。いまじゃすっかり常連で、店の人にも挨拶される始末。しかも初日にドカンと大勝ちして以来、勝てなくなってジリジリと負けがこんできている。収入もゼロになって貯金を切り崩して生活しているのに、こんなことにお金を注《つ》ぎ込むなんて。

「よう、田所《たどころ》さん」

耳元ででかい声で名を呼ばれ、そっちを見た。見慣れた灰色のハンチング帽。ああ、また出た。そろそろ出現しそうな気がしたのだ。

「いちいち話しかけないで」

あたしがげんなりして言うと、相手はいじけたような声を出す。

「なんだよ、つれねえなあ。仲間じゃないか」

「仲間ってなにが？」

「パチンコ同盟の」

「そんな同盟結んだ覚えないし！」

「といっても、俺、もうパチンコは卒業したんだよね。わりいな」

「いや、聞いてないから。あと口臭いんだけど」

この滝田《たきた》とかいうじいさんは、トルンカの常連だとかで、パチンコ屋であたしを見かけてからというもの、やたらちょっかいを出してくる。しかも鋼《はがね》のメンタルの持ち主で、こちらがなにを言っても一向にこたえないので非常に厄介《やっかい》だ。

浩太といい、このじいさんといい、トルンカの客って、なんでこうもあたしに変な距離感で近寄ってくるのだろう？　おかげでこっちは調子が崩れっぱなしだ。浩太はまだ可愛《かわい》げがあるからいいとして、こっちはさすがに無理。

うっとうしいので一旦席を立ってドリンクコーナーに来ると、じいさんも当然のようについてきた。そして、今日はあたしに礼を言いに来たと、突然言い出す。

「は？　礼って、なんの？」

「ネット上でみんなに注目してもらえるように、なんか手を貸してくれたんだって？　リゾットだっけ？」

「リポスト！　なんでイタリアの家庭料理が出てくるのよ」

パチンコにハマりだして一週間くらいしたころに、そんなことがあった。この人が勝手に自分語りをはじめて、なんでも奥さんの大事なかんざしを売っ払ってしまって後悔しているので、SNSで探そうとしているとか、そんな話。

それで、あたしは、トルンカのアカウントのその投稿をリポストしてやったのだ。もちろん、ただの気まぐれ。久しぶりに怖いもの見たさでSNSを開いてみた、そのついで。断じて、このじいさんのためではない。

「とにかく、ありがとう。おかげでかんざし見つかったよ」

「あっそ。別に礼なんていい。ちょっと気が向いただけ」

「照れちゃってさあ。あんたはあれだな、ツンドラってやつなんだな」

「バカなの？　それを言うなら、ツンデレでしょ」

「ああ、それそれ。とにかくあんた、本当はいい人だよ」

「今度それ言ったら、鼻の穴にパチンコ玉突っ込んで窒息《ちっそく》させるよ？」

「おっかねえなあ。最近やっと寿命が来るまでがんばる気になったのに、殺さんでくれ」

なんか知らないけど、なにかに吹っ切れた様子のじいさん。まあ、あたしには関係ないけど。

と、じいさんがしばらく無言で、あたしを見つめてくる。気持ち悪くて「なによ？」と問うと、急にやさしげな口調になる。

「お礼にトルンカでコーヒーでも奢《おご》るよ」

「え？」

「前にも訊いたけど、あんた、本当はパチンコ屋に用があるんじゃなくて、トルンカに行くところなんだろ？　大丈夫、みんな、やさしく迎えてくれるよ。約束する。そういう場所が、たぶんいまのあんたには必要だと俺は思うね」

「……あたしのなにを知ってんのよ？」

「田所ルミって名前以外、なにも知らないよ。だが、老い先短いじじいのために一杯くらい付き合ってくれたっていいだろう？　田所さんはただ、俺に付き合って店に行く。それでいいじゃないか」

あたしは、かけていたサングラスをずらして、じいさんを見た。このじいさんは、あたしがいま、自分はこの人に情けをかけられているのだと思った。このじいさんは、あたしが素直に店に行けないのを見越し、おまけにそう指摘しても、あたしがますます意固地になるだけと理解して、そう言っている。こんなじいさんが？　この女優のあたしに？　違う、もうあたしは女優じゃなかった。ただの無職の三十歳の女だ。

バカみたいなプライドを持っている自分が、急に恥ずかしくなった。

あたしはサングラスを取ると、俯《うつむ》いて床を睨みながら言った。

「……久子」

「ん？」

「あたし、本名は田中《たなか》久子。こんなところで大声でその名前呼ばれると、周囲に気づかれるからやめて」

「おう、久子ちゃんか。そっちのほうがずっといいな」

「ちゃんづけはやめろ」

「いいじゃないか。ほら、久子ちゃんよ、コーヒー飲みに行くぞ」

じいさんはニッカリ笑うと、おいでおいでとあたしを手招きした。人を犬猫みたいに！

一瞬ムッとしつつも、仕方なくあとを追って苦手な雰囲気の商店街へ向かう。

なぜか、じいさんと一緒だと、商店街のあの近寄りがたさはまるで感じなかった。

商店街を中ほどまで行ったところで狭い路地に入り、古い家ばかりが立ち並ぶ通りをまっすぐ進んだ。旺盛《おうせい》に伸びた緑のつたに覆《おお》われた、三角屋根の茶色い建物。扉横の小窓から中を覗《のぞ》くと、薄暗い中に淡くランプの光が灯《とも》っている。

重たい木製のドアを開けたじいさんに続いて、仄暗《ほのぐら》い店内に足を一歩入れた。

入った瞬間、ふわりとコーヒー豆の強い香りが漂ってきた。すごい。目が覚めるほどに強く、でもやさしい香り。もっと味わいたくて、思わず深呼吸してしまうほどだ。むくむくとコーヒーが飲みたいという気持ちが湧いてくる。

「滝田さん、いらっしゃいま……せ」

じいさんのあとに続いて店に入ってきたあたしを見て、カウンターから挨拶するマスターの声が一瞬止まった。

「よう、マスター。なによ、その顔は?」

なぜか、すごく誇らしげな声のじいさん。

「いや、お連れの方がいたことにちょっと驚いて」

「むふふ。うん、ちょっと俺、いまデート中で。おっと、こんなことが知られたら、天国の女房に叱《しか》られちゃうかな」

「調子乗ってんじゃないよ、じじい」

あたしはマスターに聞こえないように、小声でじいさんに凄《すご》んだ。そして、あらためて店内もゆっくり見回してみる。

琥珀《こはく》色に煌《きら》めくランプの光に包まれた、仄暗く静かな空間。スピーカーからは甘いピアノの調べが流れ、テーブル席にはワインレッドのソファと木製のどっしりとしたテーブル。こういう組み合わせがいかにも昭和レトロっぽい。安っぽい赤色の蓋《ふた》のついたガラスの砂糖入れやカウンター席にひっそり置かれた木彫りの置物たち、壁の人形劇かなにかのポスターなんかも、いい雰囲気を醸《かも》し出している。

なぜだか懐かしい気持ちに胸のあたりが包まれる。なぜだろう。……そうか、昔、父とよく行ったあの喫茶店の雰囲気に似ているのだ。

すると今度は、胸にひりひりとした痛みが込み上げてくる。でもその痛みは、いつもと違ってどこか甘いやさしさがあった。

「えっと、田所ルミさんですよね？」

マスターが訊いてくるので、あたしは素早くスイッチを切り替えて、外向けの笑顔を向けた。

「ご無沙汰してます、マスター。撮影の際は大変お世話になったのに、なかなかご挨拶にも伺えず申し訳ありませんでした」

撮影時はめちゃくちゃ態度の悪かったあたしの豹変《ひょうへん》ぶりに、戸惑いを隠せないご様子のマスター。でもあたしは完全外向き用のスマートな態度か、そっけない態度の二種類でしか、人とうまく接することができないのだ。

「これはご丁寧《ていねい》にどうも。立花《たちばな》です。それにしても、なぜ滝田さんと?」

「あたしが道に迷ってたら、こちらの滝田さんが心配して声をかけてくださって。それで事情を伝えると、『だったら店まで案内しましょう』と申し出てくれたんです」

「おい、なんだ、その気持ち悪い話し方は!」とじいさんが呆れたように言う。「よせよせ。そんな猫かぶっても疲れるだけだ。あんたはそのままのほうがずっと面白いし、いつもの感じでいろって」

「はあ？　なんで上から目線なわけ?」

ついムカッとして答えると、マスターが取りなすように間に入ってくる。

「意外な組み合わせだけど、来てもらえて本当にうれしいですよ」

マスターがにっこりと感じのいい、本心からなのが伝わってくる笑みを浮かべる。やっぱり、この人、いい表情するな。やさしさの中に厳しさもあって、人生の酸いも甘いも知ってる顔。撮影時に監督が映画に出演させたがったのもよくわかる。

「さあ、どこでも好きな席にどうぞ」

「あ、はい」

促《うなが》されるまま一番手前のテーブル席に座った。ソファはだいぶくたびれて見えるけど、予想に反して座り心地が抜群にいい。じいさんはカウンターの一番端が特等席だそうで、そっちに座った。

と、そこにバイトだろうか、二十代後半くらいの呑気そうな青年が水を持ってやってきた。

「うお！　本当に田所ルミだ！　めっちゃ美人！　目でか！　顔ちっさ！」

「ちょっと、うっさいんだけど」

容姿なんて、ちょっとお金かければ簡単に変えられる。騒いじゃってバカみたい。じいさん以外にもぽつぽつ客がいるようだし注目されるのはごめんなのに。

「うおお、すげえ。あ、俺、バイトの宇津井《うつい》です。ネットニュース読んだけど、本当に女優辞めちゃったんですか？」

「さあ、なんのことかしら？」

あたしは白々しく聞き返す。

「あ、そんなのここで話すことじゃないですよね……すみません」

やっぱり知られてるわけか。でもとりあえず分別はあるらしく、それ以上は触れてこなかったのでギリギリ許してやることにする。

「あ～、雫《しずく》ちゃんがいたら喜んだのになあ。あ、雫ちゃんっていうのはマスターの娘さんで、田所さんのファンなんです。また店に来てほしいっていつも言ってて。でも今日はタイミング悪く学校行ってていないんですよ～。あ、メールしたら早退して来るかな？」

「したらタダじゃすまないよ」

いまにもポケットから取り出したスマホで連絡しそうな彼をきつく睨みつけ、その場から追い払う。やっぱ分別ないや、こいつ。

でも、そうか、今日は平日。その雫ちゃんって子も、浩太も学校か。行けば会えると勝手に思っていたけど、仕方ない。まあ店に来るって最初のハードルは越えたし、また来ればいい。

「申し訳ないです、バイトの宇津井が妙にはしゃいでしまって。あいつ、あなたの作品を観てすっかりファンになったとかで。あとでシメときます」マスターが青年の代わりに頭を下げる。「それで、田所さんはなんにします？　最初に飲むならブレンドがおすすめですが」

人のおすすめとか普段なら押し付けがましいと思うところだけど、マスターの言葉は不思議と素直に届く。

「じゃあブレンドでお願いします」

と、じいさんがカウンター席からすかさず声を張り上げる。

「おう、マスター。その一杯は俺につけといて」

「え？　ああ、はい」

こっちに向かってにたにた笑いでピースしてくるじいさん。あたしはじいさんを完全無視して、準備に取り掛かりはじめたマスターを観察する。

自分でコーヒーを淹れる習慣がないから、作業の細かいところまではわからない。でも、やっぱりコーヒーを淹れる彼の所作はとても美しかった。

ポットから湯を注いでいる真剣な横顔を見ているだけでも、グッと引き込まれるものがある。そう、なにかに一心に集中している人の姿は、見ている側に感動すら与える。素晴らしい役者の演技に感動させられてしまうのに、似た感覚。

「天職なんだな……」

思わず、呟きが口からこぼれた。

あたしも女優が自分の天職だと疑わないで、ずっと生きてきた。だけど、もうそれを失ってしまった……。

なにか新しいものが見つかれば、この苦しみも少しは楽になるかもしれない。別に仕事でなくてもいい。ただ、これだと思って夢中になれるもの。すがれるもの。そういうものが、いまの自分には必要な気がする……。

「こ、こちらブレンドです。ど、どうぞごゆっくり」

上擦《うわず》ったバイト君がコーヒーを運んできた。

目の前に置かれた白磁のカップを見る。ほのかに湯気《ゆげ》を立てるコーヒー。父があの喫茶店でいつも飲んでいた墨汁を煮詰めたような黒じゃない、もっとやさしくて澄《す》んだ黒。カップを手にとってよく見れば、表面はかすかに飴色がかったような色合いだった。顔に近づけた途端に立ち上ってくる芳醇《ほうじゅん》な香り。

真剣に淹れられた一杯に、こちらも真剣に応えなければ。

思わず、背筋が伸びる。

一口飲む。熱くてほろ苦い液体が、喉をゆっくり通り過ぎていく。そのまま体を通過して、おなかの中で発光しているみたいに、じわりと温かさが広がる。口の中に豊かな後味が広がり、苦味と酸味が舌の上でブレンドされていくみたいだ。

すごく美味《おい》しい。

気がついたら夢中で、最後の一滴まで飲んでいた。いつの間にか景色や音楽は遠ざかり、そのうち自分の存在さえも消えていた。意識だけがそこにはあって、ただその味に酔いしれていた……。

つまりあたしは、ものすごく幸せだった。

我に返って思う。え？　幸せってこんなに単純なものでいいの？　もっと努力して、死に物狂いでがんばって、それでようやく手に入るものじゃなかったっけ？　そもそも、いまの自分が幸せを感じるっておかしくない？

だっていまのあたしは、なにもかもうまく行っていないのだ。先のことも不安、お金のことも不安。やることと言えば、パチンコくらい。それなのに、いまこの瞬間、あたしはこんなにも幸福で。それってなにかの魔法なの？　たった一杯のコーヒーが、こんな幸せを与えてくれるなんて……。

どのくらいだろう、おそらく五分くらい。そうしてじっと座っていた。

「どうよ、久子ちゃん？　マスターのコーヒーの味は？　うまいだろ？」

じいさんに不意に声をかけられて、やっと現実に戻ってきた。周囲が再び音を取り戻す。

「滝田さん、そういう聞き方はよくないですよ。好みなんて人それぞれですから」

マスターがじいさんを窘《たしな》める。

「かあ!　マスターはすぐそうやって謙遜《けんそん》したがるんだから」

「なんにせよ、押し付けはよくない。ところでどうして田所さんを久子ちゃんと呼ぶんです?」

「この子の本名。さっき教えてもらった。親しみが出ていいだろう?」

「はあ」

あたしは二人の会話そっちのけでおもむろに立ち上がると、カウンターまで大股で歩み寄った。考えるのではなく、足が勝手にそっちに動いた感じだった。

「マスター」

「はい?」

「あたしのこと、弟子《でし》にしてくれません?」

「弟子……?」

鳩が豆鉄砲を食らったような表情のマスター。この人でも、こんな顔するのか。

「あたし、ちょっと前に事務所を解雇されたんです。女優で生きていくのがずっと目標だったけど、その道は閉ざされてしまいました。いまのあたしには、別の生きる道が必要なんです。いまマスターのコーヒーを飲んで、この道しかないと思いました」

飲み終わった瞬間、ひらめいたのだ。あたしの求めていたものはこれだ、と。その瞬間、ここ何週間も頭上で垂《た》れ込めていた暗雲が突然晴れて、パアッと明るい光が差した気がした。

「おいおい、久子ちゃん、急に勢いでなに言ってんだ？」

と、じいさんが許可も得ず勝手に会話に割って入ってくる。

「勢いじゃない、直感に従っているだけ」

「はあ……。それでバリカタでも目指すっていうんか？」

「それを言うなら、バリスタ！　そうね、いいかもね、バリスタ」

あたしがすっかりその気になっていると、

「生憎《あいにく》だが、弟子なんてものはとってなくてね。コーヒーに感動してもらえたのはうれしいけど、それは無理な相談だ」

いつの間にか平静を取り戻したマスターが、あっさり断ってきた。あれ？　嘘でしょ。あたしの頼みを断るとか、この人、正気だろうか？

「ダメなんですか？　あたしが人に頼むとか滅多にないんですよ？　マスターをそれだけ見込んでるってことですが」

マスターは一瞬ポカンとしてから苦笑した。

「はは、それはどうも。あなたは美しくて才能のある女優さんで、そういう人に目にかけてもらえるのは誇らしいことだ。でもそれと弟子をとるというのとは、まったく関係のない話。私は弟子なんて、とろうと思ったことはないのでね」

「だったら、あたしが第一号ってことでいいじゃないですか」

「いや、これからもそんなものとる気はない。自分もまだ修業中の身だし、コーヒーの淹れ方のアドバイスくらいはできても、人に偉そうに教えられる立場じゃない。わかってもらえるかな」

マスターが子どもを諭《さと》すみたいに、でもその奥に有無を言わせぬ感じを含ませて言ってくる。そこにさっきのバイト君が発言を求めるように挙手してくるので、あたしは「なによ？」と仕方なく許可した。

「俺が言うのもなんですが、マスターは仕事にストイックだし、決めたことは誰がなにを言っても覆さないっすよ。マスターが本気で怒って出禁にでもなる前に、素直に諦めたほうがいいのでは……。ねえ、マスター？」

おずおずと様子を窺うようにして、バイト君がマスターに同意を求める。

「そうだな。誰であろうと、他のお客さんに迷惑をかけそうな人は店に入れるわけにはいかないな」

マスターが本気っぽい口調で言う。出禁って、それはまずい。それって、もうこのコーヒーを飲めないってことでしょう？

「わかりました……。諦めます」

わざとらしく肩を落とすあたしを見て、明らかにホッとした表情のマスター。

「諦めるなら、お店には来ていいんですよね？」

「ああ、それはもちろん」

あたしが心の中でひそかに舌を出しているのを、当然マスターは知らなかった。

それから、毎日トルンカに通うのが日課になった。普通の客を装って、しかし腹の中ではどうしたら上手《うま》く目的を達成できるかと、最近はそればかりを考えている。

まあ、ひとつ確かなことは毎日パチンコ屋に行くより、喫茶店のほうが健全なのは間違いないってことだ。

マスターの淹れるコーヒーには、毎回感動させられた。最初に感じたほどの強烈な多幸感はやってこないものの、飲むとたしかに幸せな気持ちがさざなみのように胸の奥に広がっていく。

やはり自分の進むべき道は、もはやここにしかない。それほど心を動かされてしまったのだから、そう簡単に諦めるわけにいかないのだ。

とはいえ、どうしたもんか。どうやってマスターを口説き落とそう。

コーヒーを飲み終えたばかりのあたしは頭を捻《ひね》る。

この間の感じだと相当な頑固者と見た。一筋縄じゃいかないだろう。なにかいい案はないだろうか。

どこかにヒントはないだろうかと、店内を見回してみる。

通うようになって、ちょっとずつ店について詳しくなってきた。まあ別にうれしくもないけど。

とにかく、この店は、商店街の細い路地を抜けた終点というわかりづらい場所にあって、おまけにマスターが大々的な宣伝を好まないことから、そんなに新規の客がやってこない。地元の人が来るばかりだが、それでも喫茶店としての客の入りは悪くない様子。常連客が多数ついているのが大きい模様。驚くことに、滝田のじいさんをはじめ、ほぼ毎日欠かさずやってくるという強者《つわもの》も何人かいる。

そして一番興味深い点は、ここでコーヒーを静かに飲んでいるときの表情は、誰もがすごく幸せそうだということ。

今日も隣のテーブル席では、五十代前半くらいの中年男がうまそうにコーヒーを飲んでいる。無口でぶっきらぼうな男で、短く刈《か》った頭には白いものがたくさん交じっている。ちょっといぶし銀の雰囲気さえ放っていて、この男に一体どんな過去があったのだろうと想像してしまう。あたしは基本自分の幸せしか考えない人間ではあるけど、他人を観察するのは嫌いじゃない。まあ職業病ってやつなのかもしれない。

ちょうどブレンドコーヒーが、バイト君によって男の前に運ばれてきた。

男はすぐにコーヒーに手はつけない。カップになみなみ注がれたコーヒーをじっと見つめる。それから、その温度を確かめるように両手で包み込むようにしてカップに触れる。持ち手は持たずにカップ本体をがしっと無骨な手で持つと、鼻に近づけ、目を閉じて香りを味わう。やがて、ゆっくりと目を開き、意を決したようにカップに口をつける。ぐっと呷《あお》ってから、再び目を閉じて静止。それからそっとカップをソーサーに戻し、肩で息をする。

なんだか銀幕スターがコーヒーを飲んでるみたい。

「久子ちゃん、どうした？　そんなに沼田《ぬまた》さんを凝視して。絢子《あやこ》ちゃんも沼田さんには親切だし、沼田さんって女心をくすぐるなにかがあるのかねえ」

とカウンター席のじいさんが余計なことを言ってくる。

「うっさいわ。ただ美味しそうに飲むなって思っただけ」

芝居の参考に、と自然に出かけた言葉はぐっと飲み込む。そうだ、もうあたしにそれは必要ないのだった。

「む？　俺のことですか？」

沼田というおじさんが、あたしの存在にいまさら気づいたって感じで、きょとんとして見てくる。

「まあ、たしかに沼田さんはトルンカで一番うまそうにコーヒーを飲むよな」

「いや、俺はなにも……」

決まり悪そうに頭をかく銀幕スターおじさん改め沼田氏。

「沼田さん、今日も工場の仕事は夜からかい？」

「ええ、今週は夜勤です。おかげで昼から堂々とトルンカのコーヒーが飲めますよ」

「そりゃいいね。でもあんた、去年心臓の大手術してんだから無理はしたらいかんよ」

「気をつけます。でも、ここでマスターのコーヒーを毎日飲んでいれば、百歳までだって生きられそうですよ」

そう言って、じいさんと笑い合う。この沼田氏、ぶっきらぼうな感じなのに、この店にしっかり馴染んでるらしい。

というか、心臓の大手術とか会話の中身が気になってしょうがないんだけど。あたしとしては、この店には目的があるから来ているわけで、他者を観察はしても、馴れ合うつもりはない。……でもまあ、別に一言二言《ひとことふたこと》言葉を交わしたからといって、バチが当たるわけでもなし、少し会話に加わってみるか。

「えーと……」

なんて言えばいい？　自分から話しかけるのってこんなに難しいんだっけ？　普段あたしは人に話しかけられることばかりで、自分から話しかけることなんてないのだ。どうやって会話に入ったらいいのか、きっかけが摑めない。

迷っているうちに、男たちは二人だけで盛り上がる。

「滝田さんこそ、なんだかいろいろ大変だったようで」

「うん、そうなのよ。俺、軽度の認知症になっちまったのよ」

「そうでしたか……。どうぞお大事に。そう言えば、コーヒーは認知症の予防にも効果があるとか前に本で読んだような」

「ほう？　そうなのか？　なら、がぶがぶ飲んじゃおう。マスター、おかわりもらえる？」

ぜんぜん入れない。というか、なんであたしがこんなに無視されなきゃいけないの！

むかっ腹が立って、思わず声が出た。

「ちょっと！　あたしを忘れてない？」

「あ、そうだった。沼田さん、この人は久子ちゃん。トルンカの新しい常連だよ」

じいさんが勝手に紹介するので、

「常連じゃないけど」

あたしはすぐに否定した。

「もう常連じゃないか。ここのところ毎日来てるだろ」

「たまたまだし」

「久子ちゃんはね、ツンドラなの。悪気はないから仲良くしてやってな」

「だからツンデレだっつってんの！　違う！　ツンデレでもない！」

思わずノリツッコミみたいになった。屈辱《くつじょく》。本当、このジジイと関わるとろくなことがない。沼田氏も唖然としてこっちを見ている。

ムカついたし今日はもう帰ろうと、席を立つ。と、沼田氏が急に大声で笑い出した。腹の底からって感じの、本当におかしくてたまらないって感じの笑い声。こんなにわかりやすく笑う人には見えなかったから、今度はこっちが唖然としてしまった。

「ちょっと、なによ」

「いや、失礼。二人のやりとりが面白かったものでね。改めまして、沼田です。工場勤務で独り身のしがない中年男だが、まあ、よろしく」

拍子抜けしてしまい、席に座り直した。

「どうも。……えっと、沼田さんね」

「よろしく。ここのコーヒーのうまさをわかる人が増えるのは、いいことだ。ねえ、滝田さん？」

「おう。この久子ちゃんは、マスターの弟子まで志願したんだ」

「ほう、弟子ときましたか。それはすごい」

「別に。ただちょっと美味しかっただけだし」

あたしが言うと、テーブル席の向こうで沼田氏がふっと穏やかに微笑む。

「ときには、一杯のコーヒーが人生を変えることもあると、俺は思ってるがね」

「おお、沼田さん、かっこいいね！　それ、名言っぽい。絢子ちゃんが好きそう」

じいさんが言って、二人でまた笑い合う。たしかにいまのはちょっといいなと思った。でも認めるのも悔しい。

「なんか安っぽい台詞。そんなんでよく笑えるわ」

「またあ。久子ちゃんも笑ってみなよ。人間、不思議なもんで、笑うと気分がよくなるんだよ。気分がいいから笑うんじゃなくて、笑うから気分がいいんだ」

「ほう、滝田さん。いまのもなかなか名言っぽいですよ」

「お、そう？」

「アホらし。帰ろ」

あたしは今度こそ席を立った。

「おう、久子ちゃん、またな」

「また、ここで会いましょう」

じいさんと沼田氏があたしに向かって、邪気のない顔で言ってくる。あたしは一瞬迷って、結局無視して店を出た。


外に出ると、初夏の青空が目に沁《し》みた。サングラスをシャツの胸ポケットから取り出そうとしてやっぱり思い直し、そのまま歩き出す。

平日の昼間でも商店街は活気にあふれている。店員とやりとりしたり、ご近所同士で立ち話したりしながら、あちこちで笑顔が咲いている。

さっきの滝田のじいさんの言葉が、ふと蘇《よみがえ》る。

『気分がいいから笑うんじゃなくて、笑うから気分がいいんだ』

なんとなく、肉屋でメンチカツを二つ買ってみる。

渡された熱々のメンチカツを手に、横にあるベンチに座る。こんな油っぽいもの食べていいんだろうか。吹き出物が出そうで怖い。でもそれを気にしたところで、仕事もない。

思い切ってかぶりつくと、肉の旨みがぶわっと口の中に広がる。そして、びっくりするくらい熱い。

「あっつ」

思わず叫んだら、ちょうど前を通りかかったトルンカのバイト君と目が合った。こんなところで熱々のメンチカツにかぶりついているのを見られたのが恥ずかしくて無視しようとしたが、うれしそうに挨拶しながら近寄ってきて、一方的に話しかけてくる。

「ここのメンチカツ、うまいっすよね。俺もよく食べます。あ、いまは買い出しに出てたとこなんですけど。どれ、俺もちょっとサボって食べていこうかな」

うっとうしい。けど、どうせ止めても無駄だろうから、あたしは財布を取り出そうとしている彼を制して、まだ食べてないほうのメンチカツを差し出した。

「いいんすか？」

「二つ買ってみたけど、食べきれないから」

「わあ、田所さん、やさしい」

隣で食べていいとまでは言ってないのに、勝手に座って食べ出す。しかし、あたしと同じように「あっつ」と叫んだので、ちょっと笑いそうになった。まあ、いい機会だし、ちょっといろいろ聞いてみるか。マスターへの突破口がなにかわかるかもしれない。

「ねえ、君、宇津井君だっけ？　君はマスターからコーヒーの手解《てほど》き受けてないの？」

「はあ、少しくらいなら教えてくれますけど。でも、マスターって焙煎《ばいせん》も自分でやってて、その日の豆の具合に合わせて抽出の時間も変えるから、真似しようとしてもとてもできないんですよ」

「君はなんであそこでバイトやってるの？　実は給料よかったりするの？　なら、あたしも雇ってもらおうかな」

弟子になれずともマスターからちゃんと手解きを受けられて給料までもらえるなら、それはそれでありかもしれない。

「高校生のバイト代程度ですけど」

「はあ！　そんなぽっちで、よくやってるわね？　君、あたしとたぶん、そんなに年変わんないでしょ？　なにか他に仕事でもしてるの？」

「いや、それだけですよ。週五日、あそこで働いてるだけ。賄《まかな》い付きだから助かってます」

「なに、あんた、実家が金持ちで、働かないでもいいとかなの？」

あたしは思わず呆れて言った。いるんだよね、たまにそういう苦労知らずのやつっててのが。いつもへらへらしてるし、なるほど、ただの甘ったれの坊ちゃんだったか。

「いやいや、実家は普通の家です。俺、うつ病になって仕事辞めて、それでいまはここでリハビリも兼ねて働かせてもらってるんです。もともとはこの店の常連の友人に紹介してもらったんですけどね。で、そいつの家にいま居候《いそうろう》させてもらいながら、ここに通ってるってわけです」

「え……ほんとに？」

「はい、居候中っす。でもその家主はいま、バックパック旅行中で実質俺ひとりで住んでるんですけど」

「違う。そっちじゃなくて、うつ病だったたってほう」

「ああ。だったと言うか、いまも通院してます。でもこの間、医者にもう寛解《かんかい》も近いってお墨付きをもらったんですよね。とはいえ、社会にもう一度出ることを思うと、まだまだ不安ですけど」

「そうなんだ……」

人は見かけによらない。呑気そうな彼にそんな重い事情があるなんて、これっぽちも想像しなかった。

「なんか、えっと、悪かったわ……」

「え？　ああ、別にそのことはトルンカのみんなも知ってるし、俺はそうやって話すことで救われてるんです。だから気にしないでください」

「そういうことじゃなくて……」

あなたに勝手にレッテルを貼ろうとしたこと。勝手な決めつけで、あなたを心の中で見下そうとしたこと。そうされるのがどれだけ腹の立つことか、あたしも身に沁みて知っているつもりだったのに。ごめんなさい。そう謝りたかったけど、うまく言葉が出てこない。

こちらがまごついているうちに、彼はメンチカツを完食して、

「俺ね、絵描きになりたくて美大に行ってたんですよ」

と急に話題を変えてくる。

「え？　ふうん、そうなの？」

「はい。一生ものの夢だと思ってたんです。だけど、自分の実力を信じきれなく途中で諦めちゃった。だから、田所さんみたいに実力で夢を叶えて、その世界で活躍してる人って本気で尊敬します」

そう言って、照れくさそうに頭をかいた。

「すげえミーハーっぽく思われそうだけど、田所さんのこと、勝手に応援してます。きっと、俺には想像できないような苦しみや大変さがあるんだろうけど、でもまた田所さんが

演技してるとこ、観たいです。『彼女のかけら』、さっき話した居候させてもらってる友人と一緒に観たんです。そいつ、俺にとって大切で尊敬する友人なんです。いや、だからなんだってことじゃないけど……とにかくあの映画、本当に素晴らしかったっす」

思いがけない言葉にあたしがなにも言えずにいると、宇津井君は「余計なこと言いました、仕事に戻ります」と頭を下げ、そそくさと行ってしまった。

なに、あれ。

あたしは食べかけのメンチカツを手に、そのまましばらくベンチに座っていた。


「わあ！　田所ルミさん！　本当にうちの常連になってくれたんですね！」

翌日の昼過ぎ。扉を開けるといきなり、少女に大声で詰め寄られて面食らった。ポニーテールの髪型が印象的な、全身からエネルギーが満ちあふれているような子。

ああ、この子が雫ちゃんか。こういう明るくて、元気いっぱいな感じの子、確かに映画の撮影のときもいた。今日は土曜だし学校は休みで、家の手伝いというわけか。

「どうも。雫ちゃんよね？」

浩太からこの子のことはいろいろ聞かされていたので、なんとなく前からよく知っている気がしてしまう。浩太とこの子は幼馴染の腐れ縁で、切っても切れない仲らしい。それと、この子のお姉さんはとてもよくできた人だったそうだが、病により若くして亡くなってしまったのだとか。浩太も、そのお姉さんの死を受け止めきれずに苦しんでいた。それで行きがかり上、あたしが悩みを聞くことになったのだ。

「わあ！　名前呼ばれちゃった！　わたしの名前なんで知ってるんですか？」

「ん？　浩太に聞いたから。で、あいつは？　今日は一緒じゃないの？」

「浩太はいま、毎日部活で忙しくて」

「ああ、たしかバレー部なんだっけ、あいつ」

「え？　あ、はい。今日なら練習終わって三時くらいに顔見せるかもだけど……」

「あら、あと一時間ちょっとか。なら、のんびりしてるうちに来るね」

　あたしがそう言って席に着くと、

「あのー」

　と、雫ちゃんが水を運んできながら探るような目でこっちを見てくる。

「ん？」

「浩太となんかありました？　映画の試写会に呼んでもらったときも、なんか浩太にウィンクしてたし。いつの間に二人はそんなに仲良くなったんですか？」

　あら、この子、あたしのこと、恋のライバルとでも思ってる？　やだ、恥ずかしい。とはいえ、ちょっとからかってみたくはなる。

「気になる？」

「べ、別に気にならないけど！」

「あっそう。別に大したことじゃないから教えてあげてもよかったんだけど」

「え？　あ、じゃあ聞こう……かな？」

「あ、やっぱり気になるんだ？」

「ならない！　ぜんぜん！」

面白いな、この子。とてもからかい甲斐《がい》がある。でも、いかにもいい子そうだし、あんまり意地悪するのも、さすがに大人としてどうかと思う。

「ごめんごめん。本当に大したことじゃないのよ。ただ撮影のときにあいつが空気読まずに話しかけてきて、それでちょっと話したのよ。なんか自分も俳優になりたいとか言い出しちゃってさ」

なんて後半は完全に嘘だけど、あのときの話をこの子に伝えないくらいの分別はあたしにだってある。

「え～、そうなんだぁ。俳優なんてあいつがなれるわけないのに。どうせ、ただの思いつきです。すみません、あのバカがご迷惑かけたみたいで」

「いいのいいの。まあでも、いろいろあたしが業界関係のことを教えてやったから、あいつにはちょっと貸しがあるってわけ」

「そういうことだったんだ～」

あたしの説明を聞いて、胸の支《つか》えが取れてほっとした表情になる雫ちゃん。すると、今度は言いづらそうに「あの」と声を出す。

「田所さん、女優辞めちゃったって本当なんですか？」

こっちを労《いたわ》るような、なんだか自分までが苦しんでるような表情。

なんだろうね、この子は。浩太をはじめ、この店の人たちに大切にされている理由がちょっと話しただけでも、なんとなくわかる。要はこの子を冷たくあしらうのって、すごい罪悪感があるのだ。

だからあたしは正直に答えた。

「そう、辞めたの。ハリネズミだなんだと言われようとね、もう決めたの」

「ハリネズミ？」

「なんでもない、忘れて。ブレンドよろしく」

あたしは注文すると、雑誌を広げて強制的に会話を終わらせた。

それから、一時間ほど経《た》ったころ。

カランコロンとベルが呑気な音をあげて扉が開いたのでそっちを見ると、懐かしい顔がそこにあった。

「あ！」

あたしに気づくと、いきなり叫び声をあげ、慌てた様子で近づいてくる。

「やっとお出ましね」

あたしはソファで足を組んで座ったまま、浩太を見上げ、にこにこ言った。

こいつからしたら、あたしは非日常の存在なのだろう。その非日常が、自分のテリトリーの中に居座っているので、思いっきり警戒した顔をしている。

「田所さんじゃないすか。最近店に来るようになったって宇津井さんに聞いてたけど、マジだったんだ……。ここにいると、なんつーか、すっごい違和感」

「なんでよ。あたしがいたらいけないってわけ？」

「そうじゃないっすけど～」

いや、顔にはっきり迷惑って書いてある。ムカつく。カウンターの奥からは、雫ちゃんの視線をものすごく感じる。なので、ちょっといじめてやることにする。

「また背伸びたんじゃないの？　あんた、どんどんでかくなるね」

あたしが手を伸ばして頭に触れようとすると、浩太はカウンターのほうを気にしつつ、それをさっとかわす。

「いや、そんなことはどうでもいいんすよ。なんで急にトルンカに来るようになったんすか」

「そりゃあ、あんたの顔を見に？」

「そんなわけない。なんか裏があんでしょ？」

「なによ冷たいわね、一緒にホテルで一晩過ごした仲じゃない」

「ちょっと！」

「ん？　聞こえなかった？　だから一緒にホテルで……」

「あー！　あー！」

あたしの言葉を、浩太がかき消そうと必死に大声で叫ぶ。

「ちょっと、浩太、なんなのよ！　他のお客さんに迷惑でしょ！」

雫ちゃんがバタバタと駆け寄ってきて抗議する。もっとも常連たちもみな帰り、あたしたち以外客なんていないわけだけど。

「いや、なんでも……。持病のバカが出ちゃった」

「はあ？　バッカじゃないの？」

浩太は「いいからちょっとあっち行ってろって」と必死の形相で雫ちゃんを追い払うと、あたしの対面に座って小声で抗議する。

「ちょちょちょ、なに言い出すんですか？　え？　頭どうかしてるの？」

「どうしたの？　慌てちゃって。ほんとのこと言っただけじゃん」

「その言い方には語弊《ごへい》があるでしょ。そこだけ切り取られたら変な誤解生むからね？」

「まあ落ち着きなさい。ほら、あなたの大切な幼馴染が、まだずっとこっちを見てるわよ」

「ほんとになんなんすか！　俺の人生、終わらせに来たんですか？」

声を絞《しぼ》り出して小声で叫ぶという、演技的にもけっこう難度の高い声音を浩太が出した。

こいつ、やっぱり面白いな。

「違うったら。まあ、落ち着いて。ちょっと外で話そっか」

あたしはそう言って、浩太を表に連れ出した。なにしろ店内だと視線がすごいし、浩太も落ち着かないしで、話に集中できそうにないのだ。

「……雫がずっとこっちを見てんだけど」

仄暗い店内から明るい外に出ると、この数分で十歳くらい老けた感じの浩太が責めるように言った。

「大丈夫、あとであたしが上手いこと言っとくから。任せときな、そういうのは得意だから」

「ほんとに頼みますよ！」

「うっさいな。そんなに叫ばなくてもわかってるって」

あたしは両耳を塞ぎつつ請け負った。

「で、なんすか、話って。てか、女優辞めたってマジ？　なんで……むが」

うっとうしいので、その口を手のひらで押さえつけて黙らせた。

「もうその質問は聞き飽きたの。それより教えてよ」

あたしの手を顔から剝がすと、浩太が訊き返す。

「なにを？」

「マスターの弱点とか、これ言われたら弱いとか」

「はあ、なんでそんなもんを知りたいの？　てか、なんで俺に？」

「あんたなら知ってそうだから」

なんでこいつに聞くかといえば、あたしにとって訊きやすい相手だからというのもあるけど、浩太が実はかなり賢いやつだから。普段バカそうにしてるけど、それは相手に調子を合わせるのが上手いだけで、こいつは実に人をよく見ている。

「そりゃ、マスターなら子どものころから世話になってるけど。でも、なんでそんなこと知りたいんすか」

「あたし、彼の弟子になろうと思ってるんだけど、受け入れてくれないのよね。だからなんか違う方法でアプローチすればいいと思うわけ」

「弟子？　なんでそんな話になるわけ」

「いいから教えてってば」

焦《じ》れったくなって迫ると、浩太は急に真面目な顔になった。

「イヤだ」

「は？　なんでよ？」

「なんかそれって、マスターを裏切ることになる気がするし。それにそれが田所さんのためになるとは、どうしても思えない。そんなバカなこと言ってないで、さっさと女優業に復帰したら？　それってただ、現実逃避したいだけだよね？」

あたしはカチンときて、すぐに言い返す。

「はあ？　ずいぶんナマ言うようになったね、あんた」

「俺、ここで田所さんにまた会ったら言うつもりだったんすよ。女優、簡単に辞めないでって。そんな簡単に、大切なものを手放したら後悔するよって」

言ってくれるじゃん、こいつ。以前よりずいぶん堂々と意見を言うようになった。この子なりに成長してるってことか。でもそれを言ったら、浩太が吹っ切れるようなきっかけを与えてやったのは、間違いなくあたしだ。

「四の五の言うんじゃないよ。あんたは、あたしに借りがあるよね？　あんたがすごくへばってるとき、あんたの力になってあげたのは誰かしら？」

「う……。それを言われると……」

浩太はたちまち口ごもる。

はい、あたしの勝ち。

「じゃあ教えてくれたら、貸し借りチャラにしてあげる。で、どう頼んだらマスターはお願い聞いてくれると思う？」

あらためて訊《たず》ねると、渋々ではありつつも浩太はちゃんと教えてくれた。

その日の夜、店の終わりの時間を狙って再びトルンカを訪れた。もちろん目的は、マスターにあたしの願いを聞き入れてもらうため。できれば、もう一刻も無駄にしたくない。新しい道を見つけないと、気が変になりそうだ。

「マスター」

扉を開けて声をかけると、コーヒー豆を瓶に移し替えていたマスターが顔をあげる。よーいスタート。頭の中でカチンコが鳴って、あたしは女優になる。

「おや、田所さん。どうかしました？」

「ちょっとお話がありまして……」

あたしの言葉にマスターの顔がたちまち険《けわ》しくなる。でも、それにはかまわず続ける。

「あたし、マスターの弟子になりたいって話したじゃないですか」

「その話ならもう終わったと思っていたけど？　掃除をさっと終わらせて、もう二階に上がりたいんだが」

マスターは取り合う気はないと言いたげに、カウンター奥の厨房《ちゅうぼう》に引っ込むと流しの掃除をはじめる。あたしもそのあとを追う。

「わかってます。でもちょっと聞いてもらっていいですか？　あたし、決して邪《よこしま》な理由で弟子にしてほしいって言ったわけじゃないんです」

マスターが水道の蛇口をきゅっとしめて、こちらをチラリと見る。ここであたしは、視線を落とし、少しためらったように間を置く。そう、いかにも誰にも言えなかった大切な話をいまから打ち明けますって感じで。閉店後の店。いるのは二人だけ。完璧なシチュエーション。

「この前はちゃんと話せなかったけど、あたし、父にマスターの淹れたとびきり美味しいコーヒーを飲ませてあげたいと思ったんです」

「……お父さんに？」

こちらを真剣な目で見てくるマスター。あたしはこくりと頷《うなず》く。

「はい。でも父は福島《ふくしま》に住んでいるんです。地元からほとんど出たこともない、無口で不器用な人です。わざわざ店まで足を運んでくれるようなタイプじゃありません。だから、あたしが実家に戻ったときに、父に、あのコーヒーを淹れてあげたいと思って。それで手解きしていただきたいと思ったんです」

マスターは怖い顔をして実はめちゃくちゃ人情屋。誰かの打ち明け話にはめっぽう弱い。それが家族の話ならば、もう完璧。浩太はあたしにそう言っていた。

「……父にはもうずいぶん会っていないんです」

「どのくらい？」

「もう十六年になります」

その言葉にマスターが切れ長の目を見開く。

「……そんなに？」

「あたしが中学二年生のときに別れて、それから一度も会ってません」

あたしは演技はできても話を創作するのは苦手。作り話だったら、すぐに見抜かれてしまうだろう。だから真実を話すことにした。あまり喜ばしくはないが、真実であればたしかに気持ちも乗せやすいし。

そう、これは演技。自分に言い聞かせる。

「父は小さな建設会社で現場仕事をしていました。家は裕福とは言えなかったけど、それなりに家族は仲がよかったんです。小さな掘立て小屋みたいな家で、家族三人で暮らしてました。でも、あたしが小学二年生のときに、母が離婚届を残して突然家を出ていってしまって……」

「仲は悪くなかったんだろう？　それなのに、どうして」

「その少し前、父は事故にあって怪我をして以前のように働くのがむずかしくなったんです。家は以前よりさらに貧しくなって、母はそんな生活を嫌って別の男の人のところに行っちゃったんです」

「それからは、お父さんとずっと二人で……？」

頷くと、「それなのに中学二年からもうお父さんと会っていない？」とマスターが訊いてくる。いまや完全にこちらに体を向けて、一語も聞き逃すまいという表情で耳を傾けている。やっぱりやさしい人なのだろう。突然閉店時間に押しかけてきた、大して知りもしない相手の話をこれだけ真面目に聞いてくれるのだから。少し罪悪感に襲われる。

「あたし、子どものころから女優になるのが夢だったんです」

「ん？　ああ」

話が変わったと思ったのか、マスターが不思議そうな顔をする。

「どんなことがあっても叶えたかった。だけど、父とあの掘立て小屋にずっと住んでいても、未来があるように思えなかったんです」

不意に、父のはにかんだような笑顔が脳裏に浮かぶ。

『久子は大きくなったらなにになりたい？』

あの日、あの喫茶店でコーヒーを飲みながら聞いてきた父の太い声。

いますぐ、あの場所に戻れたらいいのに。

強烈な感情が押し寄せてくる。強烈で、切実な想いが。

いつの間にか目の前が滲《にじ》んで見えなくなる。自分の話す声が涙声になっているのに気づいたけれど、これは演技だと自分を言い聞かせる。そう、泣くのだって演技でなら簡単にできるのだから。

「中学二年の終わりごろ、出て行ったときと同じくある日突然、母から連絡が来ました……。また一緒に暮らさないかって。母はうちを出たあと裕福な男性と再婚して、相手の連れ子と三人で何不自由なく暮らしていました。その家で一緒に住もうって。そうしたらいまみたいな不便はもう味わわなくていいって」

「私にはずいぶんと勝手な話に思えるが」

「そう、勝手です、最低です。なによりひどいのは、父のことはもう捨てろって言外《げんがい》に母が言ってきたことです」

「それで、どうしたんだい?」

「それで……あたしはその通りにしました。家を出て、母とその家族と暮らす道を選びました」

マスターが数秒の沈黙のあと、ぽつりと言った。

「それは、田所さんが本当に望んだことだったのかい?」

「本当は……あたし、本当は父に止めてほしかったんです。迷ってるあたしのこと、止めてほしかった。『俺にはお前が必要だから行かないでくれ』って。だけど、父はあたしに『行け』って言ったんです。あたし、だから……。違う、あたしは父が行ってほしくないのもわかってた。だけど、あの暮らしから抜け出したくて……。父が止めないのを言い訳にして、出ていったんです。あたし、父を捨てたんです」

俯くと、手で拭き取るよりも早く瞳から涙がこぼれ落ちた。これが演技なら、最高のものだったろう。

でも、あたしはただ泣いていた。

ただ、悲しくて泣いていた。

最後に父を見たのは、あの薄暗い家の玄関だった。外では母の新しい夫が運転してきた車が待っていた。そのピカピカに光る黒い車体は、その場にとても不似合いだった。玄関で、靴を履く前に父を見た。父は古いラジカセを餞別《せんべつ》に持っていけと言った。あたしがそのラジカセで音楽を流し、演技の稽古をしているのを知っていたから。あたしはそれを断った。新しい住まいには、もうそんなものはいらなかった。

あのときの、父の切なそうな顔。

あれが、父を見た最後だった。

「ときどき考えるんだよ」

呟くような声が聞こえて、顔をあげた。

「この店にやってくる人たちそれぞれに、それぞれの人生があるんだなってね。楽しいことやうれしいこと、悲しいこと、嫉妬や妬みや怒り、ときには人生に絶望したりだってする。でも、ここにこうして来て、コーヒーを飲んでいる間は、なんにせよ心安らかであってほしいと思うんだ。以前は、誰にでもそれぞれ人生があるなんて当たり前のことさえ想像もできなかった俺が、不思議なものだよ」

マスターはそう言うと、「ちょっといいかな」と断ってからレジ側の引き出しから何かを取り出し、扉の外に出た。あたしもそれに続く。

マスターが取り出したのはタバコだったようで、箱をトントンと小気味よく叩いてから一本を引き抜き、火をつけた。そして、さもうまそうに煙を夜空に向かって吐き出す。夜の気持ちのいい風が熱くなった頰に気持ちよくて、おかげで少しクールダウンできた。

「マスター、タバコ吸うんですね」

意外に思って言うと、マスターは肩をすくめてみせる。

「もうやめると決めてから何年も経つんだけどね。雫には内緒だが、一日の終わりに吸うこの一本がどうにもうまくてね、ときどき無性に吸いたくなる。特に誰かの大事な話を聞かされた、こんな夜ともなればね」

「あたしも一本もらっていいですか？」

「田所さんも吸うのかい？」

「あたしも、ときどき無性に吸いたくなるんです」

「なら仲間だな」と笑ってマスターが一本を渡し、火をつけてくれる。

二人、黙ったまま肩を並べて、タバコの煙を空に向かって吐いた。煙を吐き出すごとに、さっきまでのざらついた気持ちが消えていく。残ったのは、胸の奥の微《かす》かな痛み。

不意にマスターが「私には大したことは言ってやれないが」と前置きして静かに言った。

「もし君がそのときのことで自分を責めているんなら、それは間違ってると言っておくよ。君はまだそのとき子どもだったし、その選択をした自分を責める必要はない」

「そう……でしょうか」

「ああ、それだけは人生の先輩として言っておく。お父さんもきっと、君を恨んだりはしていない。子どもの幸せを願わない親はいないからね」

本当にそうだろうか。父は、自分を捨てたあたしを恨んでいないんだろうか。

夜空に浮かぶタバコの煙をぼんやり眺めながら、あたしは父と別れたあとに歩んできた道に、ぼんやり思いを巡《めぐ》らした。


結局、高校卒業を待たずに、あたしは母の家を飛び出すことになった。いつからか獲物を見定めるような目でこっちを見るようになった義父とひとつ屋根の下に住むのはもう耐えられなかったし、母はあたしが直訴《じきそ》しても信じないどころか、あたしが誘うような態度をしていると責めさえした。だから、逃げた。それからあの家には二度と戻っていない。

母とさえその後、会ったのは二回だけ。そして、そのどちらもあまりいい結果にはならなかった。

とにかくそのあとは、できることはなんでもやった。ネットカフェでしばらくは暮らし、年齢を偽ってホステスをして金を貯め、美容外科で大きな手術を二度した。二十三歳でようやく事務所への入所が決まったが、売り出すには時期を過ぎていると言われ、プロフィールでは年を二歳若くした。

そうしてあたしは、女優になるという夢を叶えた。

その間、何度も父に連絡を取ろうと思った。

でも、できなかった。いまさらどんな顔をして会いに行けばいいのかわからなかったし、父を裏切ってしまった自分をずっと責め続けていたから。

とにかく夢を叶えたことで、あたしの人生は報われたと思った。

けれど。

叶ったその夢を維持し続けるのは、途轍《とてつ》もなく大変なことだった。

業界に入ってすぐに、自分には他の有名な役者のような華も才能もないことを嫌というほど思い知らされた。悔しかったけれど、それが現実だった。

子どものころのあたしが無邪気に憧れていたような、きらびやかな世界なんてほんの表面だけ。あたしくらいの才能しかない人間は、誰かに足を掬《すく》われないよう、常に気を張り詰めて生きていくしかなかった。

自分を守るためにハリを身にまとい、誰にも傷つけられないよう、誰も近づけないように生きてきた。

マネージャーの河井さんの言った通りだ。

ハリネズミみたい。

そしてあたしはきっと、これからもそうやって生きていくのだろう。

誰にも頼ったりしない。誰にも期待しない。全ての行動は自分の幸せのため。自分が幸せなら、それでいい。


「それで、いつからにする？」

マスターに声をかけられ、はっと我に返った。

「え？」

「閉店したあとの一、二時間なら手解きできるよ。来るときはメールで教えてくれればいい。あとでアドレスを教えるから」

「いいんですか？」

「ああ、私でよければ付き合うよ」そう言うと、ひどく真剣な顔をして付け加える。「その代わり、ひとつ約束してほしい」

「え、なんでしょう?」

「お父さんに最高のコーヒーを飲ませてあげてくれ。二人の再会が素晴らしいものになるように、私も協力できることはする」

マスターは大きく伸びをすると、ポケット灰皿に自分の吸い殻とあたしの分も回収して入れ、「おやすみ」と店に入っていった。

静まった夜の住宅街にひとり残される。さっきまで分厚い雲に隠れていた半月が、気がつくと空に浮かんでいた。

そんな気は、本当はぜんぜんない。そもそも父に飲ませるなんて無理な話。だって、いま元気にしているのかさえも、わからないのだから。この先、もう一生会うこともたぶんない。

あたしは自分が幸せであれば、それでいい人間だ。

だからこの胸がチクリと痛む感じも、気のせいに違いない。

自分にそう言い聞かせ、歩き出した。

「ちょっと待った。いま、お湯の温度は何度になってる?」

音楽も止まり、静まったトルンカの店内。ドリップポットからサーバーにお湯を注ごうとしていたところを止められ、あたしは内心ムッとしながら答えた。

「そりゃあいま沸騰してたのを淹れたから、ちゃんと熱湯ですよ」

「そういうことじゃない。お湯の温度はきちんと測って淹れないとダメだ。ポットに温度計がついてるだろう？　それで九十二度ピッタリにして。いま使ってるのは浅煎りの豆だから、それが抽出するのに最も適した温度だ」

「なんで温度って豆によって変えないといけないんですか？」

「お湯の温度が高ければ、抽出スピードも早くなる。酸味が特徴の浅煎りなら、高い温度で速めに抽出したほうが風味が立つ。逆に深煎りなら、八十三度のお湯で少し遅めに抽出したほうが苦味が際立って美味しくなる」

「はあ、なるほど」

と、一応頷いてみせた。でも、実のところあまりピンと来ていない。

店にいるのは、あたしとマスターの二人だけ。夜に手解きを受けるようになって、今日で四回目になる。最初の三回はあたしの期待に反して、豆によって味がどれだけ違うかと使う道具、さらに基本的なドリップについての座学だった。それで今回ようやく実際に淹れてみようとなって、はじめてカウンターに立たせてもらったのはいいのだけど——

こっちがピンと来ていないのはマスターにも筒抜けだったようで、「ちょっとポット置いて」と一旦ストップがかかる。

「まずは、ルミさんにはコーヒーの基本を覚えておいてもらったほうがいいかもしれないな。コーヒーは、季節や気温や湿度なんかによってもその味はぜんぜん変わってくる。そのくらい繊細《せんさい》なものだということを理解してもらいたい。ただ淹れ方だけ覚えれば、それで上手くなるというものではないんだ」

「なるほど」

あたしはまた頷いてみせるが、本当のところ、やっぱりあまり納得できていない。

「どうした？　疑問点があるならなんでも言ってくれ」

「いや、疑問ってわけじゃないんですけど。ずいぶん細かい決まりがあるんだなあって」

「そりゃあそうだよ。美味しいものを淹れるにはそれなりの手間はいる」

「それはわかるんですけど、マスターはもっと直感的に淹れてるのかと思ってました。ほら、天性の才能で、なんかその場の空気を読み取って、さっと淹れちゃうみたいな」

啞然としたようにこっちを見てくるマスター。やばい、怒られるかも、と慌てたが、意外にもマスターはぶっと吹き出した。

「それはとんでもない誤解だ。コーヒーっていうのは、言ってみれば科学だよ。勉強し、知識を得て、研鑽《けんさん》し、忠実に行うことで結果が出るんだ。同じ味を出すためには、繰り返しの努力が必要だ。その場の直感で淹れるようなものじゃない」

「そうなんだ」あたしは内心がっかりして言った。「あたしはマスターがここでコーヒーを淹れてる姿を見て、芸術家のように思ったんです。他の人には絶対に真似できない表現をしてる人って感じに」

「それはおこがましいってものだよ。そうか、ルミさんは役者だから直感を一番大事にしてるわけか。逆に私も不思議でしょうがないよ。どうしてあなたたちは演技なんてできるんだい？」

なんだ、その質問。そんなの、どうやったら自転車に乗れるとか泳げるのかと聞かれるのと同じだ。ただ体を動かせば、勝手にそうなるって話。

「そんなの言葉にできないです。ただ、役に入っていくんです。入ったら、もうそこからは無意識に体が動いていく感じ。自分はちょっと離れたところから自分を見てる感じっていうか」

「そう言われても、俺にはまるでピンと来ない話だよ」

マスターはいかにも感心したように言ってから、苦笑いで付け加える。マスターはプライベートでは自分を「俺」と呼ぶらしく、ときどき素の表情がひょっこり顔を出す。それがけっこう新鮮だ。

「そのルミさんの直感というのは、いまは少しお休みしてもらったほうがいいかもね。さあ、もう一回お湯を沸騰させるところからやってみて」

なんだか肩透かしを食らった気分だ。女優の代わりになるものを探していたあたしからすると、直感を働かせちゃダメって、それだけでもう相当のマイナスだ。自分の時間を削って熱心に教えてくれているマスターには悪いけど、ぜんぜんモチベーションがあがらない。でも、ここまできて、やっぱり弟子になるのはやめますって言うのは、さすがに躊《ちゅう》躇《ちょ》する。

どうしたもんかと困っていると、突然カウベルが鳴った。こんな時間に？　あたしとマスターは同時にそちらに目をやった。

「よ、やってる？」

扉から顔を出したのは、滝田のじいさん。

「げ。なんで来てんの」

あたしの反応を見て、たちまち顔ににたにた笑いを浮かべる。さては冷やかしに来たな、このジジイ。

「いやあ、雫ちゃんから久子ちゃんがマスターに手解き受けてるって聞いてさ。まさか本当にマスターの弟子になっちまうとはね。てことで、ちょっと茶々を入れに……じゃなくて応援に来たんだ。沼田さんも一緒だよ」

すると、沼田氏も滝田のじいさんに続いて店に入ってくる。

「こんばんは。今日の昼に滝田さんに覗きに行ってみないかって誘われたもので。お邪魔して申し訳ない」

ただでさえやる気が消えかけているってのに、こんな邪魔まで入ったらたまったもんじゃない。どうやってこの二人を叩き出すか。あたしが考えている横で、マスターが意外なことを言い出した。

「ちょうどいいところに来てくれました。ルミさん、このお二人のためにコーヒーを淹れて。そのほうがずっと上達は速いんだ。誰かに飲ませようって意識は、いい緊張感を与えてくれるからね」

「おう、いいね。久子ちゃんの本気の一杯を俺たちに飲ませてみてよ」

「ほう、楽しみですな」

二人にそう言われて、根っからの負けず嫌いなあたしは俄然《がぜん》やる気に火がついた。この二人を唸《うな》らせるようなコーヒーを淹れてやろうじゃん。これまでの座学で淹れ方も理解しているし、特に問題はない。

早速マスターに見守られながらも、九十二度になっているのを確認したお湯をフィルターに注いでいく。空中でのの字を書きながら、三回にわけて注げばいいだけ。なんだ、楽勝じゃないか。

サーバーには二杯分の完璧な色合いのコーヒーができあがっていた。味の確認のために一杯分は残し、残りをカップに注いで、カウンターの向かいに座る二人に「ほら！」と出してやる。ちょっと手解きを受ければ、勘のいいあたしならこんなもん。

「「いただきます」」

口をつける二人を余裕綽《しゃくしゃく》々で見る。が、二人はなぜか揃って眉間《みけん》に縦皺《たてじわ》を寄せた。

「なに、その苦瓜でも食べたような顔は？」

「だってなあ、どうよ、沼田さん？」

「いや、率直に言って不味《まず》いですね」

沼田氏の発言に滝田のじいさんも、うんうんと頷く。

「味がひどくぼんやりしてるよな。それに、なんだろう、この舌に残る雑味は。嫌な後味が飲んだあとに残るから、全部が台無しになってる」

「はあ？　マスター、こいつら、偉そうにこんなこと言ってますけど！」

たまらず直訴すると、マスターが苦笑してサーバーの残りをこっちに差し出してくる。

渋々受け取って飲むと、二人と同じくあたしも眉間に皺を寄せた。

なにこれ、すごく不味い……。香りは新鮮な豆のおかげかすごくいいのに、味に輪郭がない。おまけにじいさんが言うように後味がめちゃくちゃ悪い。

ショックを受けているのを隠せずに唖然としていると、マスターが慰めてくる。

「そう、そこに気づくのがスタートだ。気づかなければ改善のしようもない。今日はそれを知ってもらおうと思っていたんだけど、滝田さんたちのおかげでもう説明の必要はないな。次はもう少し美味しく淹れられるようになればいいさ。その繰り返しだよ」

「そうだよ、久子ちゃん。そんな簡単にマスターの域に行けるわけがない。まだはじめたばっかりだろ」

滝田のじいさんにまで慰めっぽい言葉をかけられて、プライドが最高に傷ついた。

「今度はあんたたちが目ん玉ひん剝《む》くくらい美味しいコーヒー淹れてやる！」

思わず宣言すると、二人が笑った。

「そうそう、その意気だ」

「楽しみにしてますよ」

さっきまで消えかけていたやる気が再び漲《みなぎ》ってくる。

「マスター！　もう一回淹れてみていいですか？」

「ああ、もちろん」

「じゃあ俺たちは今日は帰るか。さすがに夜に何杯もコーヒー飲めんしな。あ、そうだ、久子ちゃん」

席を立った滝田のじいさんがまだなにか言ってくるので、「なに？　まだなんか用？」とつっけんどんに聞く。

「特訓もけっこうだけどよ、営業時間中にもちゃんとおいでな。みんな、さみしがるから」

じいさんはそう言って、邪気のない顔で笑う。

いやいや、マスターの弟子にしてもらうって目標は達成したし、営業中の店に行く必要はもうない。馴れ合うつもりなんてハナからないし。

「わかってるわよ！」

だけど、自分ではちっとも意図していない言葉が反射的に出ていた。

それからほぼ毎晩、トルンカの営業終わりに押しかけてはマスターに教えを乞うた。しかしこれが、ちっとも進歩しない。あたしの淹れたコーヒーは、雑味が強く出てしまい、後味も極端に悪い。酸味が特徴の豆でもキレのいい酸味が出ないし、苦味が特徴の豆だとただ苦いだけになってしまう。

当然、毎回マスターからは修正が入る。でも、最初の蒸らし時間をあと六秒長くしろだの細かいところばかりで、そっちに意識が行けば、次は別の工程が疎《おろそ》かになる。

あまりに成果が出ないじれったさにやめてやると何度も思ったが、その度に滝田のじいさんと沼田氏の顔が浮かんだ。そして、あの二人をぎゃふんと言わすまでは絶対やめられないと、毎回思いとどまることになるのだった。

いつの間にか梅雨に入り、毎日ぐずついた天気が続くようになっても、マスターからは一向にお墨付きをもらえなかった。初夏のさわやかな暖かさが嘘みたいに肌寒い日が続く。まあ、コーヒーを飲むには、いい季節ではあるけれど。

その間に二度ほど滝田のじいさんと沼田氏がやってきた。あたしは気合を入れてドリップしたコーヒーを出してみたのだけど、最初のときと同様、二人からは散々な言われようだった。

悔しくてたまらないけれど、たしかにマスターのコーヒーと自分のを飲み比べてみると、その差がはっきりわかる。同じ道具と豆を使って淹れているのに、どうしてここまで差が出るのか不思議でしょうがない。

ひょっとしてマスターの教え方に抜けがあるんじゃないかと、ちょっと疑いはじめてさえいる。自分で淹れるセンスは抜群でも、人に教えるのも上手とは限らないじゃないか。マスターには当たり前にできてしまっていて、だからこそ見落としている部分があるのかもしれない。

そんなふうに営業中のトルンカのテーブル席にてひとり悶々《もんもん》と悩んでいると、浩太が店にやってきた。

「どうもっす。田所さん」

あたしを見つけた浩太は、こっちの許可も得ず勝手に向かいの席に座った。

「なによ。この間はあたしに話しかけられるの、あんなに嫌がってたくせに」

「だって田所さん、トルンカに完璧に馴染んでてもう俺が喋っててても誰もなんとも思わないもん」

「はあ？　馴染んでなんてないわよ」

「いや、誰がどう見ても超馴染んでるっしょ」

「それはあんたの主観であって、あたしの見解とは違うね」

あたしが言うと、浩太はにたにたと滝田のじいさんと同じいやらしい笑みを向けてくる。

ほんと、こいつらときたら。

「ところで、マスターからマジでコーヒーの淹れ方習ってるんすか？」

「そうだけど悪い？」

「いや、悪くないけど。そっかあ……」

「なによ？」

「だって俺がマスターの弱み教えたからでしょ？　いや、マスターもけっこう楽しんでやってるみたいって雫から聞いてるから、それはいいんだけど。でも田所さん、仕事とか大丈夫なんすか？」

「ご心配どうも。こう見えてけっこう貯金はあるし、しばらくは大丈夫よ」

「でも、復帰が遅れたら痛くないの？」

「はあ？　復帰って女優のこと？　復帰なんてしないんだって。あんたもしつこいね」

あたしがカッとなって言い返すと、浩太は降参と言わんばかりに両手をあげた。

「失礼しやした〜。じゃあ俺が来たとき、なんで物憂《ものう》げな顔してたんすか？　あんな顔の田所さんはじめて見たから新鮮だった」

「うっさいわね。どうやってもマスターみたいに上手くコーヒーを淹れられないから、どうしたもんかと思ってただけ」

「そりゃあ、マスターがこの道何年やってると思ってるんすか。いきなりあんなに堂々とできちゃったら怖いよ」

浩太が呆れつつ顎をしゃくってくるので、あたしもそっちに目をやった。まさにいま、カウンターの中ではマスターがコーヒーをドリップ中だ。

「あの、集中はしてるけど、緊張はしてない感じ。体に無駄な力が入ってない。でも、意識は太い一本の線でつながってる」

「ずいぶんわかったように言うじゃん」

「ほら、俺一応バレー部でエースだし。俺もプレイ中、ああいう状態に自然といられるのが目標なわけ。いわゆるゾーンってやつ？」

浩太の言うように、マスターの所作には一切の迷いも感じず、かといって気負いも感じない。集中しつつ、でもリラックスもしている。

自分はドリップしているとき、どうだったろう？　集中はできているけど、おそらくガチガチに緊張していた。ひとつでもミスを犯してはいけないと、体を強張《こわば》らせて、無意識に次の動きを頭の中でシミュレーションしている、おそらくそんな状態。演技だったら三文芝居もいいところ。ああ、だからダメなんだな、あたしのコーヒーは。

「田所さんも、ああいう境地で淹れればいいだけなんじゃない？」

と浩太が無責任に言い放ってくる。

「それができたら、悩んでなんてないでしょうが。あんたも、そんな簡単にできたら怖いっていまさっき言ったじゃない」

呆れてため息をつくと、浩太がなぜか不思議そうにこっちを見てくる。

「田所さんは役者じゃんか。世界一のバリスタ役を演じてるつもりで、やればいいんじゃないの。田所さんならきっとできちゃうでしょ」

浩太を唖然として見た。そうだ、どうしてそのことに気がつかなかったんだろう。役になりきってしまえばいい。マスターを詳細に観察して、完全に自分に入れてしまう。ここで毎日ずっとマスターの姿を見てきて、その立ち居振る舞いはすでにだいぶ頭に入っている。たしかに試してみる価値はある。

「浩太、えらい！」

思わぬところで光が見えた喜びに、思わず浩太の頭をぐりぐり撫《な》で回した。

「ちょっと、やめて！　そういうのが、またあらぬ誤解を生むから！」

あたしはほっとしたのもあって、「にしても」と笑いながら話題を変えた。

「マスターが家族の話に弱いってのは本当だったね」

ご機嫌なあたしを尻目に、「そりゃあ、そうでしょう」と浩太が不意に声を落とした。

「だってマスターは大事な娘を亡くしてるんだから」

「あ」

……そうだ、雫ちゃんのお姉ちゃんが亡くなった話なら浩太から聞いている。当たり前だけど、雫ちゃんの姉ということは、マスターにとっての娘にあたる。なんであたし、そんな単純な事実に気づかなかったのだろう。

「それにスミねえが亡くなったことで、おばちゃん――マスターの奥さんは、なんて言えばいいのかな、その、つまり、少し心がいろんなことに耐えられなくなっちゃって、自分の殻に閉じこもるようになっちゃって……。それで雫やマスターとは別々に暮らすことになったわけだから」

「……そうだったの？」

たしかにマスターの奥さんの存在を感じたことはなかった。でも、あまり深く考えたことはなかった。だって、あたしの幸せとは関係ないことだし。

呆然《ぼうぜん》としていると、浩太が「そりゃね」とさみしそうに続ける。

「もともとマスターは人情味のある人だよ？　でも家族の話にめっぽう弱いって言ったのは、そういう理由からだよ。そういうわけで、俺もそんなマスターの弱点をつくとか、すごい罪悪感があって」そこまで言って、なぜか明るい声になる。「でも、あの堅物が田所さんを受け入れたってことは、田所さんも自分の大事なこと打ち明けたってことでしょ？」

浩太はほっとしたように笑って続けた。

「田所さんは自分の本心を告げて、マスターの心を動かした。それならなにも問題ないね。俺もひと安心だわ」

違う。

問題なら、ある。

だってあたしは、ただマスターに頼みを聞いてもらうために演技しただけなのだ。父にコーヒーを飲ませる気なんて最初からないのに。

「田所さん？　おーい？」

浩太が急に黙ったあたしを不審に思って、手を振ってくる。でもなにも反応する気になれない。

最低じゃん、あたし。

マスターがどんな気持ちであたしの話を聞いていたかなんて、少しも考えなかった。自分のことしか考えていなかった。

そのことに、いまさらながら吐き気がした。

「『うまい』」

閉店後のトルンカ。カウンター席に座った滝田のじいさんと沼田氏が、あたしの淹れたコーヒーを最後まで飲み終えて口を揃えた。

「久子ちゃん、一体あれからどうなって、こんなうまいコーヒーを淹れられるようになったんだ？」

じいさんの問いにマスターが代わりに答える。

「私の動きを自分に取り入れて演じたんだそうです。聞いたときにはまるで意味がわからなかったんですけどね、実際に彼女が淹れたコーヒーを飲んで驚きましたよ。味が私の淹れたのと寸分違《たが》わなかった。私みたいに論理で物事を捉える人間と違って、感覚で捉える彼女ならではの技《わざ》です。いやはや、大したセンスだ」

「そんなことが可能とは、すごいな」

沼田氏が面食らった顔で見てくるので、肩をすくめた。

「まあ、思ってた以上にうまくいったかもね」

マスターはああ言って褒めてくれたけど、ここでひと月以上手解きを受けたあとだから、わかったこともある。

あたしは、たしかにドリップだけはうまくなった。だけど実際には、豆の選定から焙煎、欠点豆の地道なハンドピック作業、器具の手入れなど、大事なことは淹れる前にたくさんある。できるようになったのは表面のほんの一部だけ。他の必要な部分は全てマスターがお膳立てしてくれた。つまり、あたしのはただの、いいとこ取りの猿真似に過ぎない。

そうは言っても、自分がドリップしたコーヒーを満足そうに飲んでいる二人を見れば、誇らしさを感じられる……はずだった。

「久子ちゃん、あんた、すごいな。その割になんでそんな浮かない顔してんだ？　てっきり『ほら見たか、ジジイ！　これがあたしの実力よ！』とか勝ち誇ると思ってたのに」

じいさんに言い返す気にもなれず、「まあこんなもんじゃない？」とだけ言ってカウンターのカップを手に厨房に引っ込んで洗った。

そうして二人が帰ったのを見計らって洗い物を終えて戻ると、マスターはちょうど引き出しからタバコを取り出して外に出ようとしているところだった。

「どうだい、一服？」

すっかり練習後の習慣になったタバコタイムにマスターが誘ってくる。その後ろ姿に続き黙って表に出て、二人並んで店の前でタバコを吸った。今日は朝から霧のような細かい雨がずっと降り続いていて、いまも止んでいなかった。

「で、いつお父さんのところに行くんだい？　感覚を忘れないうちに行ったほうがいいから、できれば早いほうがいいな」

「そのことなんですけど……」

まだ半分も吸っていないタバコを靴の裏で消すと、マスターにきちんと向き合った。

「マスターに謝らないと」

不思議そうにこちらを見てくるマスター。

「あたし、マスターに嘘をつきました」

「嘘？」

「父にコーヒーを飲ませたいから教えてほしいって。でも、そんな気、本当はぜんぜんなくて……。ただ、自分の思い通りに物事が進まないのが嫌で、それで嘘ついたんです。マスターのやさしさにつけ込んで……。本当に最低です。ごめんなさい」

こんなこと、普段の自分だったらプライドが邪魔して絶対に言わない。だけど、ここで謝れなかったら、プライド以上に大切ななにかを失ってしまうような気がした。そのなにかを失ってしまうのが、とても怖かった。

ほとんど感じないほどの小雨が降る静かな住宅街。あたしの頼りない謝罪の声は、すぐに暗闇の中に消えてしまった。どんなお叱りでも受けるつもりだった。出禁にされても文句すら言えない。

やがて、じっと黙っていたマスターがタバコの火を消して携帯灰皿に入れると、確認するようにゆっくりと口を開いた。

「つまり、お父さんとの過去は嘘だったということ？」

慌てて首を横に振る。

「それは本当です。出来事は、全部本当。ただ、あたしの中でそれはもう終わった話で、父に会う気なんて本当はさらさらなかったんです。コーヒーを飲ませたいなんて言って、マスターの親切心につけ込みました。だから、ごめんなさい」

あたしは、もう一度頭を下げた。

「俺には、ルミさんが嘘をついてるようには見えなかったがね」

「いや、それはだって、元女優ですから。その気になれば、涙だって流せます」

マスターはあたしを見て、それから突然ふっと笑った。どうしていま、笑うのかぜんぜんわからない。そこは、騙《だま》されたと怒るところじゃないのか。

「ここで二十年店を続けて、毎日いろんな人と真剣に向き合ってきた目を侮《あなど》らないでほしいな。自分で言うのもなんだけど、人を見る目だけはずいぶん鍛《きた》えられたつもりだよ」

そう言って、こちらをじっと見つめてくる。その瞳は、思いのほかやさしかった。

「君の言葉には、あの涙には、嘘はなかった。だから、俺は信じた。力になりたいと思った。君が自分で認めなくても、心は嘘をつけないよ」

その分厚くて温かい手で、あたしの肩をポンと強く叩く。

「お父さんに会いたいんだろう？　なら、会ってくればいい。道具は全部貸すから、それで最高の一杯を淹れてあげてくれ」

「無理です……」

「どうして？」

どうして？　なぜ、そんなこと聞くの？　そんなの無理に決まっているから。想像しただけで動悸《どうき》がするのだ。十五年間、ずっと逃げてきたのだ。いまさらそんなことできるわけないじゃないか。

一切目をそらさずこちらを見つめてくるマスターの視線から逃れたくて、地面を見つめながらつぶやいた。

「だって、怖いです。……父は、あたしを恨んでいるかもしれない。行っても拒絶されるかもしれない。あたしはもう、あの人が知ってる昔のあたしじゃすっかりなくなっちゃった。顔もいじったし、父の知ってる娘はもういないんです。なのに、どんな顔して会いに行けばいいんですか」

「それがとても勇気のいることなのは、わかるつもりだよ。でも、どんな顔で会いにいけばって言うけれど、その顔でいいじゃないか。相手がどう受け入れるかを考えてもしょうがない。ただ、君は自分の正直な気持ちで会いに行くしかないよ。行くならいまだ。いまを逃したら、きっともう本当に行けなくなってしまうよ」

マスターの言葉が正しいのはわかる。いまを逃したらもう本当にきっと一生会えなくなる。だけど怖い。やっぱり、どうしようもなく怖い。

「大丈夫だよ」

包み込まれるようなやわらかな声がして、思わず顔を上げた。

「え?」

「大丈夫さ。なにかあっても君には戻ってこられる場所があるだろう?」

言葉の意味がわからずきょとんとするあたしに、マスターが呆れたように笑った。

「ここだよ。ここのみんなは、君の味方だ」

味方?

「そんな……だってあたし」

「ここに味方がいる。滝田さんも沼田さんも、なんでわざわざ夜に訪ねてくると思う?君を応援したいからだよ。うちの娘やバイトの宇津井なんて、最近じゃ君の話ばかりだ。みんな、君がうちの店の常連になってくれてうれしいんだ」

「だって……」

これから先も、一生、ずっとひとりで戦っていくのだと思っていた。人生とは、そういうものだと思っていた。だけどその思いがけない言葉が、胸の奥でじんわり温かく広がっていく。

なぜだかわからないけれど、勝手に涙がこぼれてくる。

「みんな、君のことが好きなんだよ。君はいろんな理由をつけて人を遠ざけようとするけれど、一度生まれた縁までそんな簡単に手放したらダメだよ」

いつの間にか霧雨は止んでいた。見上げると、空には明るい月が出ていた。涙で滲んでよく見えないけれど、とても明るくてやさしい光だった。

味方……。あたしには味方がいる。

それがどれだけ心強いものなのか、はじめて知った。

いや、違う。ずっと前、子どものころもそれをちゃんと知っていた。

父は、いつでもあたしの味方だった。

父に会いたい。やっぱり会いたいよ。

相手がどう受け入れるかを恐れても仕方ない。だって、あたしは、こんなにも会いたいから。

気が付くと、あたしの中の迷いや葛藤も消えていた。いまの夜空のような晴れやかな心が、広がっている。

マスターが微笑む。

「胸を張って行って、そして戻っておいで。そしたら、とびきり美味しいコーヒーを淹れてあげるから」


新幹線で二時間弱。そこから在来線に乗り換え、電車に揺られること三十分。とある無人駅のホームに降りたあたしの眼前に、あのころとなにひとつ変わらない駅前の町並みがあった。

東京より澄んだ空気を肺いっぱいに吸い込んでから、駅前にコンビニが一軒できた以外、記憶となにひとつ違わない町並みを歩いていく。空はよく晴れていて、歩くには気持ちのいい午後。朽ちかけた石碑《せきひ》が道に並ぶ小さな神社を左に曲がって、そのまままっすぐ。すると、もうそこに目的地は見えてくる。

小さくて古い平家。あたしがかつて住んでいた家。壁の色が灰色に塗り替えられて補強の跡も見られるけれど、建物自体は変わっていない。

しばらくその前に立って、つくづく家を眺めた。正面の安っぽい曇りガラスの玄関引き戸。あの日、あたしはここから家を出たのだ。そして、こうして帰ってくるまでに十六年もかかってしまった。

父の負担も考えて、帰ることは三日前に電話で伝えてある。なけなしの勇気を振り絞って電話したのだ。実家の番号はスマホに登録すらされていなかったけど、頭の中にはっきり残っていた。いや、本当のことを言えば、いままでも何度かかけたことだってある。ただ、相手が電話に出る前に切ってしまっていただけ。

だから、あとはこの玄関チャイムを押すだけでいい。それなのに、なかなか勇気が出ない。マスターから借りた道具一式の入ったトートバッグをお守りみたいにギュッと胸に抱き寄せて、チャイムを押す。

少しして曇りガラスにずんぐりとしたシルエットが現れたと思うと、こちらの心の準備が整わないうちに引き戸がカラカラと開けられた。

玄関を挟んで、ずっと会いたいと焦がれていた人物が立っていた。

スウェットにジーンズの見慣れた服装。十六年分しっかり年は取ったものの、体はひしきまっているし肌も健康そうに焼けていた。

電話をかけたとき、通話口に向かって勇気を振り絞って「帰っていいか」と訊ねると、父はあっけないほど簡単に訪問を受け入れてくれた。十六年の歳月なんてなかったかのような明るい声で。

だけど、こうして父を目の前にしても、夢でも見ている気がする。次の瞬間、自宅のベッドで目覚めたとしても、すんなり受け入れてしまいそうだ。

「……久子か？」

「うん」

父はそれだけ確認すると、もうなにも言わず、穴が開きそうなほどこちらを見てくる。

すっかり姿が変わって、もうかつての面影すらないあたしに困惑しているのかもしれない。

数秒の沈黙が、とても長く感じられる。

その視線に耐えられず、あたしは俯いた。

「ごめん、突然でびっくりさせたよね」

いまだ無言でいる父を前に、猛烈な後悔が押し寄せてくる。やっぱり来るべきじゃなかった。もしかしたら父ならば受け入れてくれるかもと、結局心の隅では期待してしまっていた自分に気づく。

「……よく」

「え？」

「よく戻ってくれた」

突然、父の両腕が伸びてきたと思ったら、次の瞬間、あたしは抱きしめられていた。

その両腕は、大切なものを絶対に離すまいとするみたいに、とても強い。

途端に、体中の力が抜けていくのを感じた。大きく息を吸うと、ためらいがちに父の背中に両手を回した。

父はあたしを強く抱きしめながら、静かに泣いていた。その震えが肩越しにあたしにも伝わってきて、自然に涙が目からこぼれ落ちる。

対面したらなんと言おうか、ここに来るまでずっと考え続けていた。たくさんの言葉が頭の中で、いくつも泡のように浮かんでは消えていった。だけど無意味だった。言葉なんて、必要なかった。ただ、その温かさに身を委ねるだけでよかった。


しばらく抱き合ったあと、父が照れくさそうに家に招き入れてくれた。

居間に用意された座布団にちゃぶ台を挟んで座り、まだ泣きすぎてふわふわしている頭で家の中を見回す。外観と違って、室内は当時の記憶とはだいぶ様子が変わっていた。ほとんどの調度品が新しくなっているし、台所も最近リフォームしたらしくピカピカだ。それだけでも暮らし向きが良くなったのが見て取れ、自分の立場も忘れて、ほっとしてしまった。

父があたしのこれまでのことを聞きたがったので、ポツポツと話して聞かせた。意外なことでもなかったが父は母ともずっと連絡を取っておらず、あたしが女優になったことさえ知らなかったので、それも伝えた。

「そうかあ。本当に夢を叶えたんだな、久子は。ずっと女優になるのが夢だって言ってたものな」

「覚えててくれたの？」

「当たり前じゃないか。すごいなあ、やっぱり久子は特別だと思ってたよ。父さんの目に狂いはなかったなあ」

昔よりずっと饒舌《じょうぜつ》な父が手放しで褒めてくるので、居たたまれない気持ちで慌てて付け足した。

「でも、もう辞めちゃったんだ。いまは無職の身」

「辞めた？　それはまた、どうして？」

「うまく言えないけど……疲れちゃったんだ。傷つくことばかりで、立ち向かうのが怖くなっちゃった。あたしには、あの世界は向いてなかったんだと思う」

父が目を閉じて、静かに何度も頷いた。

「久子はがんばったんだな。それなら、もう十分だと俺は思うよ」

「それでいいのかな？」父の答えが意外で聞き返す。「もったいないって言ってくれる人が、実はけっこういるんだ。……つまり、友だち？　とかがさ」

「久子にはいい友だちがいるんだな。それを聞いて安心したよ。でも、結局は久子がどうしたいかじゃないか？　俺はやっぱり親目線でしか言えないから、久子が傷つかないで幸せでいてくれたら、それが一番うれしい」

「ありがとう」

父のやさしさにまたうっかり泣いてしまいそうになったので、慌てて話題を変えた。

「父さんは？　いまもまだ建設会社で仕事してるの？」

「あれから正直、背中の怪我の具合がずっとよくなくてなあ。現場でバリバリ働くのはもう無理だと思って途方に暮れてたら、現場監督として働かないかって知り合いが誘ってくれてな。それ以来、ずっとそこで世話になってる。前ほど体には負担がかからないし、あと三年で定年だ。それまでがんばるよ」

「そっか、よかった……。でも無理しないでね」

本当によかった。

「ああ。でも、おかげで以前よりは生活も楽になった。……あのころは苦労させてしまって、久子には本当に悪かったと思ってる」

そう言うと、座布団であぐらをかいていた父が急に正座して、頭を下げた。

「違うよ、父さんのせいじゃない。ぜんぜん違うから。あのとき、あたしは父さんと残ることだってできた。そうしなかったことをずっと後悔してた。そのままずっと後悔を抱えて、でもそこから逃げてた。だから、あたしのほうこそ、ごめんなさい」

「お前が謝る必要なんてなにひとつないよ」そう言って父は当時を思い出すように目を細めた。「あのときは自分の不甲斐なさに本当に打ちのめされてな。母さんだって出て行ってしまって、お前にどんな顔をしたらいいかわからなかった。家を出たお前が、俺に会いたがらないのも当然だと思った。だからな、電話をもらったときは飛び上がるほど驚いた。夢かと思った。正直、まだお前がここにいることが信じられないくらいだ」

「父さんがいいって言ってくれるなら、これからは頻繁に会いに来る」

あたしがすぐに言うと、父の目尻の皺が深くなった。

「いいに決まってるじゃないか。うれしいよ」

「それに新しい仕事が見つかったら、いまさらだけど仕送りくらいさせてもらうし」

「そんなのは、いいんだよ。久子は自分のことをがんばればいい。大丈夫だよ、お前が会いに来てくれるだけで、あと何十年だって働けそうだ」

「あと三年で定年なんでしょ」

あたしが場を和《なご》ませたくて言うと、父は「そうだったな」と笑い、それからちゃぶ台の上に目を留めて、お茶も用意してないな、と頭をかく。

立とうとする父を、今日ここに来た一番の目的をようやく思い出して止めた。

「ちょっと台所借りるね。あとコーヒーカップも二つ、出してもらえる？」

台所に行って、バッグからマスターに借りた道具一式を出すとシンクの横に並べた。手回しミルに微粉取り、ドリッパーに温度計付きのドリップポット、マスターが二十年使い込んだネルフィルター、それにパウチに入った少量のコーヒー豆。

「それは？」

「コーヒーを淹れる道具。実は、今日は父さんに最高に美味しいコーヒーを淹れてあげたくて来たの。コーヒー、好きだよね？　あの喫茶店にはまだ行く？」

「ああ、久子とよく行った店か？　あそこならもう十年前に店じまいしたよ。だからいまはもっぱらインスタントコーヒーだが、いまのインスタントはうまいぞ。そんな大層な道具を大変な思いして持ってこなくても、よかったんじゃないか」

「インスタントももちろん美味しいけどね。でも今日は特別な日だし、まったく別物だと思って。これね、あたしが通いつめてる喫茶店のマスターから借りた豆と道具なの。びっくりするくらい美味しいよ」

「そんなに期待させること言っていいのか？」

あたしは胸を張りたい気持ちで微笑んだ。

「父さんに飲ませたくて、今日までずっと練習してきたの。だから、飲んでほしい。座って待ってて」

父は黙って頷いてくれた。


今朝マスターが焙煎したばかりの深煎りのコーヒー豆。ミルで粉にしたあと、微粉を丁寧に微粉取りで取ってから、ドリッパーに設置したフィルターに。火にかけてあるポットのお湯は八十三度きっかりにする。

それで準備完了。

深く深呼吸して、自分という存在を一旦手放す。田所ルミでも田中久子でも、もうない。あたしは、トルンカという喫茶店で二十年毎日コーヒーを淹れ続けてきた最高のバリスタ。体にその動きはもう染み付いている。

最初に少量の湯を注ぐ。フィルターの中で星が爆発するみたいに、粉が膨らんでいく。小さな室内に満ちていく芳醇な香り。さらに注げば、ドリッパーに一滴ずつ美しい飴色の液体がたまっていき、香りは一層濃くなっていく。

体が全部知っているから、時計を見て時間の調整をする必要もない。

ただ、あたしはいまこの瞬間、マスターでいればいいだけ。

体中の細胞が喜んでいるのを感じる。

演じるって、どうしてこんなにも楽しいんだろう！

こうして深く潜《もぐ》っていると、自分の本心がすぐ近くにあるのがわかる。いや、わかるというか、ただ感じる。

そうか。あたしは細胞レベルで演技をするのが大好きなんだ。つらいことや嫌なことがあったって、そこには他では絶対に味わえない生きる喜びがある。

やっぱり、演じるのをやめたくない。

不意にそんな思いが胸にわきあがってくる。フィルターの中のコーヒー豆みたいに、その気持ちがむくむくと膨らんでいく。

（もうそろそろ素直になってもいいんじゃない？）

胸の奥で、たしかに、そんな声がした。

それは紛れもなく、自分の声だった。

——出来上がったコーヒーを二つのカップに注ぎ、父が待っているちゃぶ台まで運んだ。

「待ってる間も台所からいい香りがしてたけど、近くで嗅ぐと本当にいい香りだな」

鼻をクンクンさせながら、父は目の前に置かれたカップに手を伸ばす。そしてゆっくり一口飲んで、目を見開いた。

「すごくうまい」

そう言って、あたしを見てうれしそうに笑う。その笑顔を見ただけで、心が喜びに弾け飛びそうになる。

にこにこしながら再びカップを口に運ぶ父を、あたしは幸せな気持ちで眺めた。

「ねえ、父さん」

自分でもコーヒーを一口飲んでから、そっと呼びかけた。

「うん？」

「あたしがまた女優業に戻るって言ったら、応援してくれる？」

一瞬呆気にとられた父の顔が、ゆっくりと笑顔に変わっていった。

「当たり前じゃないか。一番に応援するよ。俺も久子の演じてるところを見てみたい。だが大丈夫なのか？」

「父さんが応援してくれるなら、なんだってできる気がする」

あたしが笑うと、父も笑い返してくれた。

「そうか。がんばれ、久子。がんばれ。俺はなにがあっても、おまえの味方だ」

たったその一言だけで、体の奥から信じられないほどの力が漲ってくる。自分が父にずっとそう言ってほしがっていたことに、やっと気づいた。そうか、あたしは父に見ていてほしかったのだ。

ここに自分がいるのも、父と再会できたのも、あの日トルンカに行かなければ絶対に叶わなかった。あの店でマスターやみんなに出会えてよかった。ちょっぴり癪《しゃく》だけど、あたしを半ば強引に連れていってくれた滝田のじいさんにも、心から感謝した。

もう二度と、大切なものを簡単に手放したりしない。

どんなことがあっても、必ず守り抜く。

いま、この瞬間、自分にひそかに誓いを立てた。


「びっくりしました。ルミさんのほうから連絡してくるなんて」

東京に戻って真っ先に向かった芸能事務所〈スターライト〉。そのロビーで河井マネージャーは、戸惑った顔で出迎えた。

「急に事務所に来たいなんてなにかあったんですか？　もうてっきり連絡もないのかと……」

あたしは挨拶もなしに、単刀直入に言った。

「河井さん、あたし、もう一度この仕事がしたい。だから、社長に一緒に謝ってくれませんか？」

「え？　いまなんて？」

河井さんは幻聴でも聞いたように慌てて言った。

「仕事やめたくないです。だから社長に土下座してでも謝って、それでまた復帰したいんです。だけど……ひとりじゃすごく怖いから、河井さんに一緒に行ってほしい。こんなこと頼めた義理じゃないかもしれないけど、どうか力を貸してください」

あたしが勢いよく頭を下げるのを、河井さんは呆然として見ていた。

「……ルミさん、なにがあったんですか？　本当にあのルミさんですか？」

あたしはさらに頭を深く下げる。

「河井さんの言った通りでした！　あたし、傷つくのが怖くて、ハリネズミみたいに体中にハリを生やして自分を守ってました。だけど、もう、やめたい。この仕事が好きだから、失いたくない」

「……社長、あんなに激怒してましたよ？　許すと思いますか？」

「わからない。許してくれないかもしれない。それならそれで、また違う方法を考える。でも、相手がどう受け入れるかを気にしてもはじまらないから。あたしはただ、自分にできることをやるしかない。ある人に、そう教えてもらったの」

河井さんはしばらく黙っていたかと思うと、ひとつ大きく息をついて言った。

「じゃあ善は急げ。いまから行きましょう」

「……いいんですか？」

顔をあげて訊ねると、以前もよく見せてくれた菩薩《ぼさつ》様みたいな表情で河井さんがこっちを見ていた。

「当然です、私はルミさんのマネージャーなんですから。一蓮托生だって言ったじゃないですか。ひとりでなんて絶対行かせません」

礼を言おうとすると、河井さんに手で制された。

「私ね、知ってるんですよ。他のみんなに陰で私が『気弱デブババア』って言われてるの。でもルミさん、私の耳に入らないよう、いつも私をこっそり守ってくれてたでしょう？ずっと、恩返ししたかったんです。だから、ルミさんがやっと私を頼ってくれてすごくうれしいんです」

「……ありがとう」

そうだ、ここにもちゃんと味方はいたのだ。あたしがただ、それに気付こうとしなかっただけで。

気合を入れて、二人で社長室の扉の前に立つ。

けれど、あたしの手はどうしようもなくぶるぶると震えていた。ノックしようと持ち上げていた右手が、固まったまま動いてくれない。

　不意に反対の手に温かみを感じて下を見ると、河井さんの大きくてぽってりした手があたしの手を包んでいる。そんなふうに触れ合うのなんて、長い付き合いではじめてのことだ。

「触るとハリが痛いでしょ？」

　照れくささに冗談交じりに言うと、

「もうハリなんてないです」

　きっぱりとした声が返ってくる。

　たったその一言で、ずっと自分の身を守ってきたハリが全身から抜け落ちていく。

「河井さん、あとでコーヒー奢らせてね。最高に美味しい一杯を」

「あら、楽しみです」

　あたしは息を吐き出すと、社長室の扉を力強く叩く。

　どんな結果になってもいい。自分には帰る場所がある。たくさんの味方がいる。そして、手放したくない夢がある。

　だからもう、なにも怖くない。

最高の一杯

　たった一杯のコーヒーが、誰かの人生を根底から変えてしまうこともある。

　そんなことを言えば、「たかがコーヒーで」と鼻で笑う人もいるかもしれない。

　だが、それが決して大袈裟《おおげさ》な話でないことはコーヒーを巡《めぐ》る歴史が物語っている。なにしろ、キリスト教会ではイスラム教徒がコーヒーという未知の飲み物に魅了されてしまう姿を目の当たりして「悪魔の飲み物」扱いし、飲むのを禁じていた時期があるくらいなのだから。

　とはいえ、「コーヒーが悪魔の飲み物」という表現はいささか大袈裟にも感じる。

　立花勲《たちばないさお》という私個人としては、こう表現したいところだ。

「完璧な一杯のコーヒーには神秘が宿る」

　そんな素晴らしい一杯を淹《い》れたいのなら、どんな妥協も許さない覚悟が当然必要となる。

　そして覚悟をしたならば、あとは毎日のたゆまぬ努力が必要となる。

　純喫茶トルンカ。

私の店の名だ。店名はチェコのアニメーション作家のイジー・トルンカの名前から拝借した。と言っても、そこになにか深い意味があるわけではなく、開店一ヶ月前になっても店の名前が決まらず考えあぐねていた私を見た妻が、直感で命名した。私と妻がはじめて二人きりで出かけたときに観た映画が、「真夏の夜の夢」というトルンカが監督した作品で、それにちなんだ。

そう、以前ここは私だけの店ではなく、私と妻の店だった。

ともかく、純喫茶トルンカは谷中《やなか》の商店街の中程にある細い道を入った一番奥に、ひっそりと建っている。

はじめてやってきたお客さんには、よくこう訊《き》かれる。「どうしてこんなわかりにくい場所で店をやろうと思ったんですか?」と。

それに対する私の答えは、いつもこうだ。

「生き方に迷っていたある日、たまたま迷い込んだ道の奥に喫茶店を見つけたんです。ノムラ珈琲《コーヒー》という名前の古い佇《たたず》まいのお店で、店主のおばあさんも年のせいもあって、店じまいを考えているという話でした。でも、その店で飲んだコーヒーがとにかくうまかった。そこには人生の神秘を感じずにはいられないなにかが確かにあった。それを飲み終えたときには、もう心は決まっていたんです。ここで店をやろう、と。そうして店を安く譲ってもらって、いまに至ります」

詳しく話せばもう少し長くなるが、つまりはそういうことだ。

そこから気づけば、二十年の歳月が流れた。

私は毎日店のカウンター奥に立ち、コーヒーを淹れている。あの日飲んだ完璧なコーヒーには程遠い。むしろ、その味は記憶の中でさらに洗練され味わいを増していき、どれだけ探求しても永遠に届きそうにないようにさえ思える。

それでも、いまの自分ができる最高の一杯を、訪れてくれる全ての人に提供したい。

それだけを願って。

「完璧でなくてもいい。だが、最高ではありたい」

それが私のモットーであり、毎日その言葉を胸に店に立っている。

おかしな話だ。当時、ノムラ珈琲でその一杯を飲むその寸前まで、私の中に喫茶店をやろうなどという選択肢はなかったのだから。

その直前、私はある事情から仕事をクビにされたばかりだった。おまけに結婚してまだ一年も経《た》っておらず、守るべき家族がいた。妻と、生まれたばかりの赤ん坊。そんな現状の中、これからどうやって生きていけばいいのかと頭が破裂しそうなほどに悩んでいたところだった。

それがたった一杯のコーヒーで、霧が晴れるように悩みが消えてしまったのだ。

一杯のコーヒーは、私の人生を想像もしなかった場所に連れていった。その瞬間から、私の人生は新しい軌道を描きはじめたのだ……。


「マスター、開店準備、完了しました」

店内の掃除をしていた白のワイシャツ姿の宇津井《うつい》君が、カウンター裏でカップを磨きながら物思いにふけっていた私に声をかけてくる。

カップを磨いているときは心が無防備になって、気づくと考えごとに夢中になってしまう。私は彼の声で、ようやく現実の世界に戻ってくる。

「ああ、今日もよろしく頼むな」

対面の壁に目をやると、振り子時計は七時五十八分をさしている。私はいつものように白いワイシャツや黒のズボンの制服に皺《しわ》やよれがないかを確かめ、腰に黒色のエプロンをぎゅっと巻きつける。そして、カウンターの裏にあるレコードプレーヤーに針を落とす。

すぐに天井の四隅に設置されたスピーカーからは、ショパンの調べがゆったりと流れ出す。今日までこのカウンターの定位置で、何百、何千と聴いてきた旋律《せんりつ》。

「いまどきそんな古い機械で音楽流してるの、この店くらいじゃないですか？　スマホでスピーカーから流すほうがずっと楽なのに」

「お前もいちいちうるさいやつだな。俺はこれがいいんだよ」

宇津井君と私のこうしたやりとりも、いつものこと。週末は娘の雫《しずく》が朝から店に立ってくれるが、普段は高校があるので、こうして彼にシフトに入ってもらっている。

彼がこの店でアルバイトをはじめてまだ九ヶ月程度だが、その人好きのする性格で店にすっかり馴染《なじ》んでいる。以前の職場で心を壊してしまい、長らく療養中だと聞いていたので、最初こそ私も言い回しなどには注意を払ったものだが、いまではこうしてお互い軽口を叩《たた》き合う仲だ。常連さんたちからもいつの間にか、ずいぶんと親しまれている。

「失礼しました〜。おっと、もう八時だ」

宇津井君は明るく返事をすると外に出て、扉にかけられた〈CLOSE〉の札を〈OPEN〉にひっくり返し、再び中に入ってきた。

「今日もいい天気っすねえ」

「ああ、本当だな」

毎日暑い日々がずっと続いていたが、九月も終わりに近くなってようやくその勢いを落としはじめた。外では、秋の始まりを告げる、どこまでも薄い水色の空が広がっている。

その中を、小さなうろこ雲がのんびりと流れていく。温かいコーヒーが一番うまい季節はもう、すぐそこだ。

朝の眩《まぶ》しい陽光が、ステンドグラスの窓からも入ってくる。青銅色の日差しの中で、微細な埃《ほこり》たちが揺れている。まるでピアノの音色に合わせて踊っているかのように。

開店したとはいえ、すぐにお客さんであふれるような店ではないので、私と宇津井君は光あふれる店内で、それぞれの持ち場の備品のチェックなどをしつつ来訪を待つ。

「マスターって、毎朝何時起きですか？」

宇津井君がふと思い出したように、こちらに顔を向けて訊いてくる。

「いきなりなんだ？」

「いやあ、だって雫ちゃんから聞きましたよ。夜もけっこう遅くまで豆の焙煎《ばいせん》してるんでしょ？」

「ああ、まあな」

この店は住居も一緒になっており、二階の一室は焙煎所として使っている。もっとも大型店に置いてあるような焙煎機などはうちにはなく、小型の焙煎機を二機所有しているだけだが。うちの規模ならそれで十分まかなえている。

「それなのに朝も雫ちゃんが起きるより早く起きてるって聞いたから、すげえなって思って」

「起きるのは四時だ」

「四時！　もう、おじいちゃんじゃないですか！」

「ほっとけ。朝は焙煎した豆の味の確認で、自分で全種類を淹れて飲むようにしてるんだよ。そのあと軽く一時間くらいジョギングして、朝食をとってから開店準備に入るのが日々のルーティーンだ」

「じゃあ何時に寝てるんすか？」

「日付が変わったくらいだな。昔からなぜかショートスリーパーってやつでね、一日四時間も寝れば十分だ」

「えええ、なんかズルい」

「ズルいわけがあるか。ただの体質だ」

宇津井君は、なぜか急に肩を落とした。

「どうしかしたか？」

「いや、俺もここでバイトはじめるようになってから、年取ったら気楽に喫茶店やるのもありかなあと思ったんですけど、なんかマスターのストイックさを見てると、ぜんぜん気楽にできるもんじゃないんだなあって思って」

「俺はこれが好きでやってるんだよ。別に喫茶店の経営者がみんな同じことをしてるわけじゃない」

「そうは言っても気楽な仕事なんてもんは、世の中に存在しないんじゃないか」

「ですよねえ……」

宇津井君が明らかに声を落としたので、ハッとした。そうだった、仕事のことはいまの彼にとってはかなりナイーブな話だった。「気楽な仕事なんてない」などという言い方は、彼を追い詰める言葉になるのではないか。

「すまん、そんなつもりじゃなかったんだ。人には人のペースがある。宇津井君はきちんと休んで心を整えるほうを優先すべきだ。だから、あまりいろいろ考えなくていい」

なぜか宇津井君は、きょとんとした顔でこっちを見てくる。

「え？　なんのことですか？」

「いや、だからいろいろ悩んでるだろう、ほら、君は……」

私が言い淀《よど》んでいると、宇津井君はからからと笑った。

「ああ、マスター、気を使ってくれてんすか？　いや、でも大丈夫っす。そういうことじゃなくて。俺も、そろそろ覚悟決めようと思って」

「覚悟？」

「俺、もうたぶん大丈夫です。ここで働かせてもらって、毎日ここに来る人たちと小さなことで笑ったり冗談言い合ったりしてたら、なんかすごい元気もらって」

そう言って宇津井君が笑う。

「だけど俺、ここでずっと甘えてるわけにもいかないんですよねえ。そもそも本庄《ほんじょう》の家にずっと居候《いそうろう》してるわけにもいかないし。いまはあいつが旅行中だから住んでるけど、ずっとその好意に甘えるわけにはいかない。いや、いたくないってのが正しいか。胸張って、あいつと会える自分でいたいっていうか」

「ああ……」

彼がなにを言わんとしているのかを理解して、私はしみじみと頷《うなず》いた。若者が巣立つのは歓迎すべきことだ。それでも、どうにもさみしいものがある。

「いや、今日明日ここを辞めるってわけじゃないんですよ？　でも、うん、俺ももうそろそろ自分の足で立てるようになりたいんです。本当はちゃんとした機会に言おうと思ってたんですけど、すんません、話の流れでこんな報告」

「なにを謝ることがあるんだ」

「でも俺、ここが大好きなんです……。この店やマスターや雫ちゃん、店の常連さんたちに本当に助けられたんです。ずっとここで働けたらいいのに……」

「大丈夫、わかってるから」

私はカウンターの中から出ると、扉の側で泣きそうな顔で立っている宇津井君に歩み寄り、その肩を力強く叩いた。

「大丈夫だ、宇津井。君はすごくいいやつだ。前から思っていたんだけど、君はうちの娘の雫に少し似てるところがあるよ。繊細《せんさい》で、人の気持ちがわかって、ときどき人と関わることですごく傷ついてしまう……そのせいでしんどい思いをすることもあるかもしれないが、俺は君のそんな人間味のあるところが好きだよ。だから前に進めるときが来たと思えたんなら、自分の心に従いなさい。店のことは気にしなくていい」

「はい……」

カランコロン。ちょうどそのとき、カウベルが小気味いい音を立てながら、目の前のドアが開いた。

姿を現したのは、大常連の千代子《ちよこ》さんだ。八十を超えている彼女だが、背筋も伸びていつも若々しい。今日もお元気そうでなによりだ。

「いらっしゃいませ」

私と宇津井君はちょうど目の前にいたのもあり、二人揃って千代子さんを迎え入れた。

「あら、こんな素敵な紳士二人がお出迎えしてくれるなんて。今日はなんだか得した気分だわ」

　千代子さんはそう言って「うふふ」と可憐な少女のように可愛《かわい》らしく笑い、宇津井君も「イケメン二人を独り占めとか罪深いっすねえ」と一緒に笑う。

「千代子さん、今日はなんにされますか？」

　私が訊《たず》ねると、千代子さんは待ってましたといった表情で答える。

「今日はね、朝起きたときから決めてたの。たまにそんなふうに、『今日は絶対あれを飲もう』って気分になるときがあるのよねえ。歩きながらもね、ずっと頭の中で呪文みたいに唱えてるの。ということで、エチオピアをお願いできるかしら」

　こんなふうにこの店を、その人にとっての生活の、あるいは人生の一部にしてもらえるというのは、本当に店主冥利《みょうり》に尽きるというものだ。

「かしこまりました」

　私は深々と頭を下げてからカウンターの中に戻り、コーヒーの準備に取りかかるのだった。

　千代子さんのコーヒーを淹れ終わったところで、再びカウベルが鳴ったので、そちらに顔を向ける。千代子さんに並ぶもうひとりの常連である滝田《たきた》さんかと思えば、女優の田《た》所《どころ》ルミさんだ。こんな早い時間に来るとは珍しい。

彼女は四ヶ月ほど前に店にふらりと現れ、以来、すっかりうちの常連になった。それに驚くことに以前とは別人のように、明るくなった。以前はもっと自分を抑圧しているみたいに感情を表に出さない人だった。だが、いろんな迷いが吹っ切れたらしい。彼女の明るさからは、そんな心の成長が伝わってきて、見ているだけでうれしくなる。

「いらっしゃい、ルミさん」

ルミさんは挨拶もそこそこにカウンター前までツカツカ歩いてくると、息せき切って捲《まく》し立てた。

「聞いて、マスター！　この前、演劇のオーディション受けるって話、したでしょ？　あれ、どうなったと思う？」

「どうなったって……その顔はひょっとして？」

「そう！　受かったの！　『ガラスの動物園』のローラ役！　最高にうれしい！」

「そうか、それはおめでとう！」

心から祝福すると、ルミさんがうれしそうに微笑《ほほえ》む。

「ありがとう！　この役ずっと憧れてたし、本当に本当にうれしいの。マネージャーまであたし以上に喜んじゃって昨日は大変よ。それに地方公演もあるから、父さんにも来てもらえると思うんだ」

「そうか、お父さんも喜ぶだろうね」

「『ガラスの動物園』、マスター知ってる？」

「もちろんだよ。テネシー・ウィリアムズが若いころに書いた作品だろう？　好きな作品だし、ルミさんがローラ役をやるところを観てみたいね。これで本格的に女優に復帰って感じかな？」

「まあ、そうなるかな。小さい劇場で出演者もわずか四人の舞台だけどね。でも、心からやりたいって思えることが大事でしょう？」

「ああ、そう思うよ」

私は力強く頷いた。

「マスターもぜひ観に来てね」

「ああ。店の休みの日に行かせてもらうとしよう」

それからルミさんは興味津々の顔をしている宇津井君と千代子さんにも報告し、二人からも祝福の言葉をもらってうれしそうにしていた。

「ルミさん、今日はなんにする？」

「あ～、いまから事務所に行かないといけないの。でも、その前にどうしても報告したくて寄ったの。また夜に来られたら来る」

「そうか、わざわざありがとう。気をつけて」

ルミさんが店を出て行こうとしたところで、滝田さんが現れた。

「おう、久子《ひさこ》ちゃんじゃない。こんな時間に珍しいな」

「おす、じいさん。今日もコーヒー飲んだらパチンコ？　なんたってあたしら、パチンコ同盟だもんね」

「おい！　藪《やぶ》から棒にあんた！　その件は雫ちゃんに聞かれたらまずいんだって！　それに、俺はもうだいぶ前に足洗ったって言ったろ！」

「ああ、ごめんごめん。今度雫ちゃんがいるときに、またゆっくり話そう。でももう遅刻するし、行くわ！」

そう言い残して、ルミさんは慌ただしく出ていった。

「あの野郎、同盟の誓いを破りやがって！　パチンコの話はここじゃ御法度《ごはっと》なのに！」

「滝田さん……」

少し前にパチンコはもうしないと私に誓ったのに。呆《あき》れた目で見ると、

「いや！　もう本当に行ってないよ！　それは本当！　あいつね、わざと俺を困らせようと言ってんの。これだからツンドラは……」

「ならいいんですが」

「にしても、あんにゃろう、妙にはしゃいでなかった？」

「ずっと出たいと思っていた舞台のオーディションに受かったそうですよ」

「ほう、そりゃすごいじゃないか！　いやいや、そういうことなら俺にも報告していけよ！」

と滝田さんが歯噛《が》みする。

「仕事の前にちょっと顔出してくれただけみたいで」

「言っとくけど、この店にあいつを連れてきたの、俺だからね？　その俺をないがしろにするんじゃないっつうの」

そんな恨み節を炸裂《さくれつ》させている滝田さんを、宇津井君が「いい年してなにすねてんすか」とからかう。すると再びドアが開き、これまたうちの常連の沼田《ぬまた》さんが「今日はなんだか朝から賑《にぎ》やかですね」と入ってくる。

「沼田さん、ちょっと聞いてよ。宇津井の野郎が、俺をからかうんだよ」

「それはいつものことじゃないですか。で、今朝はなにがあったんですか？」

いつもの冷静で渋い声で言う。いまでも決して口数が多いほうではないが、はじめて店に来たときに比べると見違えるほど気さくになった。

「いや、それがさ、聞いてよ、沼田さん――」

と、滝田さんが沼田さんにさっきの出来事を伝えていると、またもカランコロンと慌ただしくカウベルが鳴る。今日は珍しく朝からひっきりなしだ。

現れたのは、店で以前アルバイトしていた修一《しゅういち》だ。いまは編集プロダクションで働いていて、かなり忙しい日々を送っているらしい。そんな日々の中でも、今もこの店にときどきこうして顔を出してくれる。もっとも恋人の千夏《ちなつ》さんもこの店の常連なので、彼女に会う場所として利用している感もあるが。

「どうも、マスター」

「おう、修一。今日は仕事休みか？」

「はい。この二週間ずっと働きづめで。昨日が校了日だったんで、やっと休みが取れたんです」

「若いからって、あんまり無茶するなよ」

「おう、修一君じゃない。今日は千夏さんは？」

と滝田さんが、すぐに修一にもちょっかいを出す。

「今日は僕だけですけど。今日、彼女は仕事ですから」

「なんだ、つまらん。まあ三日前にもここで会ってちょっとおしゃべりしたけどさ」

「滝田さん、千夏さんにちょっかい出すのやめてもらえます？」

「おい、ちょっかいとはなんだ！　千夏さんと俺は茶飲み友だちなの！」

修一の座ったテーブルに水を置きながら宇津井君が笑って言う。

「修一君、その辺にしてやってよ。今朝は滝田さん、ルミさんにも邪険にされてご機嫌ななめなんだから」

「あ、田所ルミさん、来てたんですか？　いいな、僕も話したかった。まだ一度もちゃんと話してもらってない」

「千夏さんに言いつけてやろ」

滝田さんが、にたにたして茶々を入れる。

「宇津井さん、滝田さんのこと、出禁にしてもらえます？」

「いやあ、俺、バイトだしそんな権限ないよ」

私はカウンターの中からそんな彼らのやりとりを見て、つくづく思う。自分は本当に運がいい、と。こんなにも素敵な人たちとの縁に恵まれて、そして店を愛してもらえて。

年齢も性別も抱えている事情も、それぞれみんなまったく違う。それでもこの店を愛し、私の淹れるコーヒーを求めてここに来てくれる。それは、なんと幸せなことなのだろう。ときどき、そんな幸福感で胸がいっぱいになって涙が出そうになる。

とはいえ、店の人間がそんな姿を見せたら、お客さんを戸惑わせるだけだ。だから、私は心の中でだけそんな思いに浸ることにする。

「みんな、今日はなんにしますか？」

私は感謝の言葉の代わりに、彼らにそう訊ねる。

時刻は、夜の九時をまわったところ。今日もつつがなく営業を終えることができたことにほっとして、カウンターの中で大きく伸びをする。

「ふう……」

夕方まであがった宇津井君の代わりに、高校から帰ってきた雫が今日も最後まで手伝いをしてくれた。娘ももう高校三年生。大学受験が控えている娘にあまり無理はさせたくないのだが、つい頼ってしまう。ただでさえ父と娘の二人暮らしで、家事においても負担をかけてしまっているというのに。

せめて夜は少しでも自分の時間に使ってほしい。そう思い、外に出て〈OPEN〉の札を〈CLOSE〉に代えて戻ってきた雫に声をかけようとすると、

「絢子《あやこ》ねえちゃんの絵ハガキが来てた」

と郵便受けも見てきたらしく差し出してくる。

現在バックパックを背負って旅行中の常連客である絢子ちゃん。ときどき、無事を知らせる絵ハガキをこうして送ってきてくれる。もっとも、そこには彼女の好きな格言がいつも書いてあるだけだが。今回もどこかヨーロッパの街並みらしき写真の裏には、〈復讐と恋愛においては、女は男よりも野蛮である〉と跳ねるような文字で書いてある。

私が怪訝《けげん》な顔をしていると、「また意味不明なこと言ってるねえ」と雫が笑う。

「まったくなあ」

おそらくニーチェの言葉だと思うが、それをなぜハガキで我々に送ってくるのか首を捻《ひね》りたくなる。まあ、そこも自由人のあの子らしいが。

今日来た絵ハガキも大事に保管するという雫。私は渡された絵ハガキを返しながら告げる。

「お疲れ。もうあがっていいぞ」

流れるように閉店作業に入ろうとしていた雫が、不思議そうな顔になる。

「え、なんで？　最後までやるよ」

「お前は受験生じゃないか。そろそろ本腰入れて勉強したほうがいい時期だろ。夜もこれからは俺ひとりで片付けるようにするから、店にも無理に毎日出なくていいぞ」

「えー、わたしにはここで働いたり、みんなと話すのが一番の息抜きなんだけど」

「だったら、なおさら息抜きばかりされても困る」

「わかったわかった。ちゃんと勉強もするよ。でも前に話した短大の家政科で推薦もらえそうなんだよね。だから、そんなに心配いらないと思うけど」

「その短大が自分に合ってるか、ちゃんと調べたのか?」

すっかり店主から親の顔になって、私は訊いた。

「うん、うちから通いやすくて近いし、家政科があるのはその学校だけだもん」

「お前な、家から近いとかでそんな単純な理由で進路先を決めるなよ。人生を左右する大事な選択だろう」

「だから、それがわたしにとっての大事な選択なんだって。わたしはトルンカで働くことが生き甲斐なの。この店に来てくれる人たちが大事なの。大学に通いながらも、いまみたいに店の手伝いをしたいの。お父さん、いつも言ってるでしょ。自分にとって一番大事なことを大切にしろって。だから、わたしはそれに従ってるだけだよ」

ちょっと前まで心配ばかりさせられていた娘なのに、いつの間にこんなに自分の気持ちをはっきり口にできるようになったのだろう。我が娘ながら、その成長ぶりが眩しい。言い返すことができなかったので、話題を変えることにした。

「浩太《こうた》は進路どうする気なんだ? あいつももうバレー部は引退して、本気で考える時期幼馴染《おさななじみ》の浩太のことを訊ねると、たちまち雫の顔が渋面になる。その子どもっぽさに、なんとなくほっとしてしまう。

「あいつはあの意味不明な持ち前の運動神経を活かして、体育大の推薦もらってる。あと、なんか部の後輩にやたら慕《した》われちゃって、引退したいまも毎日練習に付き合ってるよ。ちょっと前まで練習サボりまくって総スカンされてた分際でさあ。あんなのから、学べることなんてあるのかねえ」

「浩太はなんだかんだ言って面倒見いいやつだしな。年の離れた弟にもいつもいい兄貴やってるじゃないか。後輩が慕うのもわかる気がするよ」

「えー、そうかな？」

娘はいかにも納得いかないという顔をする。

「まあとにかく、浩太とは離れ離れになるんだな。お前の人生であいつと別の学校に行くのははじめてのことじゃないか」

「ちょっと、なにその言い方？　別に浩太と好きでずっと一緒だったわけじゃないし。むしろやっと離れることができて、せいせいしてるっつうの」

「でもあいつがいれば、変な虫がお前に寄ってこないだろ」

「はあ？　そんなふうに思ってたの？　あのさ、お父さんは勘違いしてるね。目を覚まして。あいつこそが特大の変な虫なんだよ？」

「おい、それはさすがに浩太が気の毒だろ」

娘は他の人には正直で素直なのだが、幼馴染の浩太に限ってはそうなれないらしい。我が娘の不器用さに苦笑していると、

「ところでさ、ウッちゃんに聞いたよ」

と雫が話題を変えてくる。

「ああ、宇津井君の件か」

「うん、そろそろ自立しないといけないって思ってるって。お父さんにもそのことは話したって言ってたけど」

「そうだな。すぐではないが、彼は近いうちバイトを辞めることになるだろうな」

「そっか……」

とさみしそうにする雫。しかし、これぱかりは仕方のない話だ。

「お前にも受験が終わるまでは手伝いは少し控えてもらうつもりだし、新しいバイトの募集をしようと思ってたところだ」

私のその言葉を聞くと、雫は数秒黙ったあとで、

「あ、あのさ！」

と突然声を張り上げた。

「なんだ？」

「そのことでちょっと考えたんだけど……それって、お母さんに戻ってきてもらうんじゃ駄目なの？」

雫の思いがけないその問いに、私は思わず口ごもってしまう。

「いや……それはどうだろうな。つまり、お母さんがそれは望まないんじゃないか」

私はどうにかそれだけ言う。雫は私の答えを最初から予想していたように、さみしそうに顔を伏せた。

妻の敏子《としこ》は、七年前に上の娘の菫《すみれ》を病気で亡くしたことをきっかけに、心に大きな傷を負ってしまった。しばらくは店舗兼住居のこの家で三人で暮らしていたが、妻は日に日に口数を減らし、ついには家族の私と雫とさえ一切話さなくなってしまった。そのような状況は、まだ十一歳で、しかも大好きな姉を亡くしたばかりの雫に、とてつもない痛みと混乱を与えることになった。

そうした中で敏子が通っていたカウンセラーの勧めもあり、我々は少し距離を置く生活をはじめたのだ。最初は実家に戻っていた敏子だが、だいぶ元気を取り戻した数年前からはNPOの活動に参加してアジアのいろんな国を飛び回っている。村の復興のために井戸掘りをしたり、学校の建設を手伝ったり、そういう活動が主らしい。

雫としては、もうそろそろ家族一緒に暮らしたいというのが本音なのだろう。母親である敏子をとても慕っているし、菫を亡くしたことで、雫の家族との結びつきへの欲求は特に強い。

だが、敏子もそれを望んでいるかといえば、残念ながら違うだろう。先月、八月の終わりの菫の命日には帰国したものの、家に二日泊まっただけで、また活動のためにタイの小さな村に戻ってしまった。

それがいまのところの敏子の答えだと、私は思っている。いや、その答えはこれから先も変わることがないのじゃないかと、私は心のどこかで思いはじめてさえいる……。

「ねえ、もうわたしももういろいろ受け止められる年になったよ?」

ずっと言葉を探すように俯《うつむ》いて黙っていた雫が、再び顔を上げて私を見た。

「……なんのことだ?」

「お母さんのことだよ。本当のこと、話してよ。二人になにがあったの?」

雫が大人の目で私を射貫くように、じっと見てくる。

その瞬間、背中にゾワリと鳥肌が立った。まさか、あいつが雫になにか話したのか？　まさか、あの秘密を話したとでも言うのか？

私は内心の焦りを表に出さないよう、なんてことない顔でカウンターを濡れ布巾で拭きながら訊ねた。

「……敏子がなにか言ったのか？」

雫は静かにかぶりを振った。

「そうじゃない。でもね、先月の命日のあとでどうしてうちに戻ってこないのって、わたし、かなり激しく訊いちゃったんだよね。だってさ、こんなのっておかしいじゃん。お母さんももうあのころと違って元気なのに、いつまでも家族で別々に暮らして……。そんなのお姉ちゃんも望んでないと思う」

私は静かに目を閉じた。菫の顔が瞼《まぶた》に浮かんでくる。たしかに彼女は自分の死をきっかけに、こうして家族がバラバラになってしまったなどと知ったら深く悲しむだろう。それはわかっている。だが……。

「そうやって、なんかお母さんをわたしが問い詰めるみたいになっちゃってさ。どうしてお母さんは戻ってこないのってわたしが訊いたら、お母さん、泣き出しちゃったんだよね。それで言ったの。『私はあの人に言ってはいけないことを言ってしまった。あの人も、たぶん私を一生許すことはないと思う』って。だから一緒には暮らせないって、そう言って、わたしに何度も泣きながら謝るの」

あいつは、なんてことを雫に言ったんだ！　激しい怒りが胸の内にわいてくる。だが、それと同時に、それが敏子が雫に伝えられるギリギリの本心だったのも痛いほど想像がつき、怒りの感情はすぐに消えてしまった。

「いや、それは……」

「わたしにはさ、わかんないよ？　それは二人のことだし。家族だって言っても、それはわたしが聞いていいことじゃない気がしたから、それ以上訊かなかったし。でも、それでわかった。お父さんとお母さんがいつも顔を合わせるたびに遠慮し合って、目を合わせようともしない理由が……」

雫はそう言うと、いまにも泣き出しそうな顔で私を見た。

「お父さんはお母さんの言った通り、お母さんのことをなにかの理由で許してないの？」

「違う！　そんなことはない」

叫んだつもりなどなかったが、私の声は音楽の消えた静かな店内に想像以上に大きく響いた。

だが、そうなのだ。断じてそんなことはない。それはもう過去のことだ。あのとき、菫を亡くして、妻は深く傷ついていた。どうして自分の娘だけがこんなに早く逝かなければならなかったのか。妻は激しく怒っていたし、その怒りを誰にぶつければいいのかわからなかった。向けられる相手がいたとしたら、それは夫の私だけだった。それで、あのときはつい……。

ただ、それだけのことなのだ。だから私もそのことはなにも……。

「ごめん」

小さな声がふと耳に聞こえて、ハッと顔を上げた。

「お父さんを責める気はなかったの。いま話したことは、忘れてほしい。じゃあわたし、もう部屋に戻るから」

「ああ……」

雫が階段をトントンと上っていく音が、ひとり店内に残された私のところまで届く。

引き出しを開け、タバコの箱とライターを取り出すと、外に出た。夜は、すっかり涼しくなった。大きな半月が空には出ている。

私は箱からタバコを一本取り出すと、火をつけた。深く吸い込む。そして月の光が鈍《にぶ》く光る空に向かって、煙を吐き出した。

そんなつもりなどなかった。だが、雫に指摘されて想像以上にうろたえた自分がいたのと思っていた。

も間違いではなかった。

妻がまた元の生活に戻りたがらないのは、彼女自身がそれを望んでいないからだとずっと思っていた。

自分には妻を迎え入れる気持ちがあるのだと、そう思っていた。

拒んでいるのは、妻のほうであって私ではない、と。

だが妻には、そしておそらく娘にも、伝わっていたのだ。私がそのわだかまりをまだ胸に抱えているのを。私がまだ妻を、心のどこかで許せないでいることを。

二本目のタバコの火をつけ、煙を深く吸い込む。立て続けに吸ったせいで、激しいたちくらみに襲われる。私はしゃがんでむせながら、タバコの火を乱暴にアスファルトにこすりつけて消した。情けなさに打ちのめされ、ぎゅっと目を瞑《つむ》る。

頭の中で鮮明《せんめい》な声が蘇《よみがえ》る。

『菫は、あなたの娘じゃないものね。あなたに大切な我が子を失った私の悲しみはきっと一生わからないわ』

妻はあのとき、私を見つめて、そう言ったのだ。涙を流し、誰かに助けを求めるような悲痛な表情を浮かべて。

翌日からも、私も雫もいままで通りに過ごした。昨日の晩の会話などなかったかのように、普通に振る舞った。

私はいつものように店に立ち、雫は学校に行って帰ったら店の手伝いをする。おそらく店を訪れる人たちには、なにひとつ変わらずに見えたはずだ。だが、私の心の中はあの日からずっと千々に乱れていた。もちろん、これでもこの道二十年続けてきた人間だ。コーヒーの味が変わるなんてことはない。

変わったのは、店じまいのあとで吸うタバコの量だ。夜に一本だけ吸うという儀式めいた小さな楽しみのはずが、一本ではおさまらなくなった。二本、三本と続けざまに吸って、それからようやく家に戻る気になる。

もちろん雫もそのことには気づいていただろうが、なにも言わないでいてくれた。

そう、そんなのは本当にささいな変化でしかないのだ。

だからその日も、ごく普通の一日であるはずだった。ただの普通の、いつもと変わらない水曜日。いつものように私はトルンカでカウンターの中に立ち、コーヒーを淹れ、そして一日が静かに終わっていく……はずだった。

その知らせは、昼過ぎに店の電話にかかってきた。

滅多に鳴らないトイレ前のピンク電話が、ふいにリンと音を立てて鳴った。ドリップ中だった私に代わって宇津井君が出たが、すぐに困惑した表情で私を呼んだ。

「マスター、ちょっと電話出てもらっていいですか？」

「なんだ？　あとにできないのか？」

「ええっと、なんか急用のようでして……」

私が訝《いぶか》しんで電話の相手を訊ねると、「浩太君です」と答える。浩太？　いまごろ学校にいるはずの浩太が、なぜ電話をしてくる？　しかも店の電話にしてくるなんて、そんなこと一度もなかったはず。胸騒ぎに襲われて、私はドリップを中断して電話に出た。

「……マスター？」

そう言う浩太の声は頼りなく震えているようだった。

「浩太か？　お前、どこからかけてるんだ？　学校にいる時間だろう？」

嫌な予感に胸を締め付けられながら訊ねた。

「うん、そうだよ、学校。いま、雫が……」

声が小さくて聞き取りづらいので、私は強く受話器を耳に押し当てた。

「なんだって？」

「雫が学校の階段から落ちた。いま、救急車で運ばれていった。そっちにもきっと病院から連絡が行くはずだよ。高校から一番近い大学病院だよ。場所わかるよね？」

「おい、なんだ、それは？　雫は大丈夫なのか？」

「わからない。俺はそのとき側にいなかったし。でも担架で運ばれていたときは、意識がないように見えた……」

意識を失ったまま担架に乗せられた制服姿の雫が目に浮かんで、一瞬、頭が真っ白になりそうになった。

「どうして、そんなことになった？　なにがあった？　意識がないということは頭を打ったのか？」

もどかしい気持ちで矢継ぎ早に聞く。しかし、「わからない」と絞《しぼ》り出すような声が返ってくるだけだ。

「きっと俺のせいだよ。全部俺のせいだ。ごめん、マスター、本当にごめん。俺、どうやって詫《わ》びたらいいのかわからない。雫が死んじゃったら、俺どうしたらいいの？」

浩太はそう言うと、とうとう泣き出してしまった。

なぜ雫の事故が、その場にいなかった浩太のせいになるか、私には理解できない。しかし浩太は自分のせいだと小さな子どものように泣きじゃくりながら、受話器の向こうでずっと自分を責め続けている。私は浩太を落ち着かせるために大声で叫んだ。

「落ち着け！　とりあえず俺はすぐに病院に向かう。おまえも早退できるなら来い。いいか、まだ雫の容体もわからないんだ、滅多なことは考えるな。あっちで落ち合おう。わかったな？」

受話器を置いて顔をあげると、電話を取り次いだ宇津井君が心配そうに見てくる。

「マスター、なんなんですか？　いまの電話？」

遠巻きに、私と浩太のやりとりを聞いていた千代子さんと滝田さんも近寄ってくる。

「雫ちゃんがどうかしたの？」

「電話はコウちゃんからか？　おい、マスター、なんか言ってくれよ」

私は三人に詳しいことはわからない、いまから病院に行かないといけないとだけ伝え、店を閉めることを詫びた。すぐに、そんなことはいいからすぐに向かうようにと、その場の全員に言われる。

私は礼を言って、店を飛び出した。

落ち着け、落ち着け。

タクシーを拾うために不忍通《しのばずどお》りまで出ようと無我夢中で走りながら、頭の中で何度も言い聞かせる。だが、嫌な想像が何度振り払っても頭の中にもたげてくる。菫だけでなく雫まで失ってしまったら？　そんなことがあったら、私も、そして敏子もきっともう生きていけない。お願いだ、菫。どうか雫を守ってやってくれ。

半ば通りに飛び出す勢いでタクシーを止め、慌てて乗り込んだ。運転手の苦情も無視して行き先の病院名を告げ、息を切らせたまま座席に深くもたれた。

お願いだ、菫。どうか雫を守ってくれ。

目を閉じて、両手をきつく合わせて必死に祈った。


「あ、お父さん。やっほー」

病院に着いて受付で案内されて大急ぎで向かった処置室。しかし、そこで私を迎えたのは、驚くほど呑気な声だった。

ベッドに半身を起こし、こっちに手を振っている雫を見て、腰が砕《くだ》けそうになる。まだ制服姿で、右足に痛々しく包帯を巻いているが、一見したところ他に外傷はなさそうだ。

私はその場に倒れ込みたい衝動をこらえて、「おい」と呆れた顔をしてみせた。

「ずいぶん気楽な出迎えだな。こっちは飛んできたんだぞ」

「ごめん、お店にも迷惑かけちゃったね」

「それはいい。みんなも心配して、すぐに病院に行けと言ってくれた」俺はベッド脇のパイプ椅子に乱暴に座った。「それよりも、大丈夫か?」

「いやー、救急車で運ばれてるときに目が覚めたんだけど、足首がありえない方向に曲がってて、ぎえーって叫んじゃったよ。ホラーだよ、あれは。まだレントゲン撮ってないからわかんないけど、たぶん折れてるだろうって。まあ見た通りだけどね」

「痛むのか？」

「うーん、見た目ほどには。いまは痛み止めが効いてるっぽい」

「他に怪我《けが》は？」

「頭を打ったせいで、でっかいたんこぶができてる。明日そっちも念のため検査するってさ。お父さんもあとで先生の話、一緒に聞いてくれる？」

「ああ、もちろんだ」私は頷いてからあらためて訊いた。「それにしても、一体なにがあった？」

「ただ、階段から落ちたんだよ。五時間目が音楽だったから音楽室に向かってるときにぼっーとしてて階段踏み外しちゃって、ゴロゴロって」

思わず頭を抱えた。我が娘ながら、なんと情けない。しかしこんな大怪我をしていて本人がけろっとしているものだから、こっちも気が抜けてしまい、いつもの調子で説教をしてしまう。

「ぼーっとしてたって、おまえ。だからあれほど普段からシャンと歩けって言ってるだろう」

「へへ、すいません。今後は気をつけます」

そうこうしていると、担当医が今後についての説明をしにやってきた。頭のほうは検査の結果次第だが、足の怪我だけでもどうやら少なくとも三週間は入院が必要、場合によっては外科手術の必要も出てくるらしい。明日には一般病棟の四人部屋に移動させられる。

そこまで聞いて、入院のための着替えを持ってきていないことに気づいた。今日のうちに着替えや他にも思いつく限り入院に必要なものを持ってきてやったほうがいいだろう。私にあれこれ見られることを想像してか、雫には嫌悪感丸出しの顔をされたが、かといって他にその役をできる人間はいない。こういうとき、母親が側にいてくれたらと、つい思わずにいられない。

説明を終えた担当医に深く頭を下げ、もう一度席に座ると雫がすまなそうに言った。

「お店、手伝えなくなっちゃうね。ごめん」

「バカ、そんなことを気にしてる場合じゃないだろ」

確かに雫に頼れないと、店のほうは大きな打撃を受ける。常連さんたちも雫がいなくては、とてもさみしがるだろう。だが、とにかく命は無事だった。それが一番だ。

「学校もどうしよう？　車椅子で行けるかな？」

「そんなことは全部あとで考えればいい。とにかくいまはちゃんと休め」

「うん」

車椅子でも出入りが楽にできるように、家の玄関口にスロープを設置すべきだ。店はしばらく短縮営業も視野に入れよう。事情を知れば、宇津井君は夜まで働くと言い出しかねないが、せっかく体調が良くなってきている彼に無理はしてほしくない。それに、入院費の問題もある。この出費は、ギリギリの生活をしている我が家には正直かなり痛い。どのくらいの費用になるのか確認せねば……。段取りや心配事が頭の中を駆け巡る。

だが、もっと大事な問題がある。それは敏子に連絡をしなければいけないということ。雫が大怪我をしたと知ったら、一体どんな反応をするだろう？　ひどく取り乱すのではないだろうか。

敏子は日本に帰ってくるかもしれない。いままでは雫が潤滑油《じゅんかつゆ》になってくれていたからなんとかコミュニケーションが取れていたが、その雫が不在となると……。考えただけで、胸のあたりが重たくなる。

そこで私はもうひとつ大事なことを思い出し、「あ」と思わず声を出した。

「そうだ、浩太は？」

雫がベッドに横たわったまま、きょとんとした顔をする。

「浩太？　なんで浩太が突然出てくるの？」

「いや、あいつから電話をもらったとき、病院におまえも来いって言ってしまったから。なにしろ、すごい取り乱しようだったんだ。なぜか自分に責任があるとか、そんなおかしなことをずっと言っていて」

「はあ？　あいつになんの関係があるの？　それに面会って家族だけでしょ？　浩太が来たからって、しょうがないじゃん。こっちもこんな姿、あいつに見られたくないんだけど」

おそらく病院には来ているのだろう。私は雫に衣類などを持ってまた戻ってくることを伝えて病室を出て、ついでに浩太の姿を探して院内を歩いた。

と、病院一階の総合受付前の椅子にポツンと座っているのを見つけた。が、その姿がいつものお調子者の浩太の雰囲気とはまるで違っていて驚いてしまう。大きな体を椅子に縮こませるようにして座り、じっと床のタイルを見ている姿は、なんとも痛ましい。もちろん、私も雫が無事だとわかるまでは同じ様子だったのだろうが。

とにかく早く現状を伝えて、浩太の気を楽にしてやりたかった。

「浩太、ここにいたのか」

「……マスター？」

一瞬だけ顔を上げたものの、すぐにまた俯いてしまう。私はそんな浩太の隣に座った。

「雫なら大丈夫だ。いや、大丈夫と言うか、まあつまり、足を骨折はしてるが命に別状はない。だから安心してくれ。ぼっーとしてて階段踏み外したんだとさ。なんとも人騒がせなやつだよ」

「……雫がそう言ったの？」

「ああ、そうだが？」

浩太はいままで呼吸を忘れていたかのように、大きく息を吐き出した。だが、それでも俯いたまま、こっちを見ようとしない。

「今日は無理だが、近いうち見舞いに行ってやってくれ。とりあえず今日は帰れ。俺もいったん家に帰るつもりだが、一緒にタクシーに乗っていくか？」

浩太はぶんぶんと首を横に振ると、ふらふらと立ち上がった。

「おまえ、本当に大丈夫か？」

「うん、大丈夫。ごめん、ちょっと頭冷やしたいし歩いてひとりで帰るよ」

「そうか」

一体あいつはどうしてしまったんだろう？　雫が無事だと知っても、ひどくつらそうな顔をしていた。尋常ではない。それは明らかではあるが、憔悴《しょうすい》しきった浩太をこれ以上追求する気にもなれず、去っていくその背中を見送るしかできなかった。

〈しばらくの間、当店は変則的な営業時間となります〉

その日の夜、手書きのお知らせを扉の前に貼ると、扉によりかかったままタバコに火をつけた。それから携帯電話を尻ポケットから取り出して、じっとその画面を見る。

いまは海外に連絡を取るのも、ずいぶん手軽になった。海外用のＷｉ－Ｆｉレンタルに契約してメッセンジャーアプリを使えば、タイのＮＰＯ法人の宿泊施設にいる敏子ともいつでも連絡が取れる。だが、機械の操作が苦手だというのを言い訳に、連絡はいつも雫に任せていた。私が直接連絡したことなど、数えるほどもない。

ひとつ大きく息を吸ってから、発信ボタンを押す。

電話は、すぐにつながった。

「敏子か。俺だ」

「あなた？　どうしたの？」

「まあちょっとな。そっちはどうだ？」

「こっちはいつも通りだけど……。いつも通り、やることはいっぱいで毎日がてんてこまい。でも、仲間はいい人ばかりだし、体を動かしてれば、それだけで自然と人の役に立てる。あれこれ考えないで済むのは、性《しょう》に合ってるわ」

「そうか」

ものすごく久しぶりに、雫を介さずに妻の声を聞いた気がした。思いがけず、胸の内になんとも言えない懐かしさが込み上げてくる。

「それにしても、あなたが連絡してきてくれるなんて、珍しいわね」

「ああ、少し伝えないといけないことがあってな。雫のことなんだが……」

「雫？　雫になにかあったの？」

電話の向こうの声がたちまち不安を帯びる。その気持ちは痛いほどわかる。私も浩太から電話がきたときは、すっかり動転した。菫という長女を若くして亡くした我々夫婦にとって、どうしてもナーバスにならざるを得ない。

私は敏子に必要以上に驚かせたくなくて努めて平静を装って事実だけを伝え、入院することになったが、それほど心配はいらないと最後に付け加えた。が、それでもやはり彼女は動揺した。

「なんてこと……。雫、かわいそうに。手術もするかもしれないんでしょう？　きっとすごく心細い思いをしてるわね。病室でひとりなんて……」

「落ち着いてくれ。あいつなら、こっちが気が抜けるほど呑気だよ」

「明日、昼過ぎには日本に帰るわ。雫が良くなるまで、私が付き添う。あなたもお店のことやら、大変でしょ？　少しでも力にならせて」

帰ってくると言い出す可能性は考えていたが、まさか明日とは。私はたじろいでしまう。

「本気か？　そっちはどうするんだ？」

「大丈夫、ボランティア員はそれぞれ事情がある人が多いから、けっこう頻繁に帰国なんかもしてるし。人手が減って申し訳ないけど、説明すればわかってもらえるわ。また日本に戻ったら連絡する」

そう言うと、こちらがなにか言う間もないまま、電話を切ってしまった。雫は敏子の勢いですぐに行動する性質を見事に引き継いでいるな、とあらためて実感した。

電話をポケットに仕舞うと、そのまま焙煎室に行き、焙煎機の電源を入れて作業に取りかかる。明日くらい店を休ませてもらおうかとも考えたが、なにもしないでいると手持ち無沙汰で落ち着かない。敏子と落ち合う昼までの間、営業することにした。

熱気のこもった部屋で焙煎作業に勤しんでいると、心を覆《おお》っていた薄皮が一枚一枚剝がれていく気がする。一日の中で、最も自分の心と近くなる時間といえばいいのか。いつもならば、その日起きた出来事が自然と浮かんでくるが、今日はそれだけでは終わらず記憶は過去に遡《さかのぼ》っていく。

コーヒーが焙煎されていく香りに包まれ、気がつけば、これまで自分が歩んできた道や敏子と出会ったときのことをとりとめもなく思い出していた。

私は東京で呉服屋を営む両親のもとに三男として生まれた。父は厳しい人で、母はいつでも父の言いなりの人だった。私も父にはかなり手厳しく育てられ、おまけに長男、次男と出来のいい二人が上にいてなにかにつけ比べられることばかりで、窮屈《きゅうくつ》な思いをして過ごした。

生来、無口で大人しく、学校でも教室の隅にいるのを好むような目立たない生徒だった。子ども時代はそれで許されたが、中学以降は強面《こわもて》が災いして、不良たちからからまれることが多く、それには本当に辟易《へきえき》した。おかげで毎日生傷が絶えず、家では喧嘩《けんか》をしてきたと父からしつけと称した折檻《せっかん》を受け、さらに傷や痣《あざ》が増えるという悪循環《あくじゅんかん》の日々だった。

高校を卒業すると実家を出たい一心で就職したが、上司との反りが合わず一年で辞めてしまった。その後も一般社会にうまく馴染めず、職を転々とする日々を送った。そうして社会のはぐれ者だと自ら烙印《らくいん》を押し、半ば自暴自棄になっていたころに行き着いたのが、債権者に代わって債務《さいむ》者に返済を迫る仕事、いわゆる借金の取り立て屋だった。

上司の顔色を窺《うかが》ったり職場での人間関係構築に苦慮《くりょ》する必要のないその仕事は、実際私にとても向いているようだった。貸したものをとにかく返してもらう。ルールはそれだけ。その目的のわかりやすさがよかった。

幼少期に父に厳しくしつけられたからだろうか。私にはもともと潔癖《けっぺき》なところがあった。ルールや道徳を守るのは人間として当然という思い込みが根底にあり、だからこそ借りたものを期限内に返すという当たり前のことを守れない者たちを、心の内で軽蔑していた。そして仕事を続けるうち、その思いはさらに強くなっていった。

当時は貸金業規制法もあってないようなもので、債務者への取り立てもずいぶん無茶が許された。いまなら裁判沙汰間違いなしの手荒な真似をして返済を迫る同僚だって、中にはいた。

私自身は腕っぷしはからっきしなので荒っぽい真似はしなかったが、相手の職場や自宅、実家まで昼夜関係なく押しかけたりはした。いかつい顔にカタギには見えない派手な服装の私がそうして近辺をうろつくだけで、相手を震え上がらせるには十分だった。おかげで成績は常に上位だったし、実入りも悪くなかった。

だが、それと引き換えに、私は人としてもっとも大切なものを失ってしまった。

相手を対等の人間として見られなくなり、借金を抱えざるを得なかった事情がそれぞれにあったのだと、理解したり慮《おもんぱか》ったりする気持ちを完全に失っていた。

そう、私は人としてなによりも大切な、想像力をいつの間にか失っていた。自分でもまったく気づかないうちに、機械のように日々を生きるようになっていた。


敏子と出会ったのは、そんなころのことだった。

いや、正確に言えば、数年ぶりに再会したと言うべきか。

取り立て屋になる前の数ヶ月ほど、私は日銭を稼ぐためにキャバレークラブで働く女性たちの送迎係のアルバイトをしていた時期があった。その日のシフトを終えた女性たちを順に車に乗せて、自宅まで丁重に送り届ける。そういう仕事だ。

若く美しい店の女性たちと車の中で二人きりの時間を過ごせると言えば聞こえがいいかもしれないが、運転手という小間使いの立場である私への彼女たちの当たりは往々にしてきつかった。

敏子も、私が送迎の役目を預かったうちのひとりだった。

敏子は運転手の私にも、丁寧《ていねい》に接してくれる数少ない女性のひとりだった。乗り込むときにも降りるときにも、いつも静かに微笑んで挨拶をしてくれる。そんなとき、華やいだ服装に濃い化粧、きつい香水の下に、彼女の素朴な人柄を見た気がした。もちろん女性によって扱いを変えるなどもってのほかではあるが、彼女を乗せるとき、私はいつも以上に丁寧な運転を心がけていた。

「私、ほんとのこと言うと、お酒も弱いし、接客も得意じゃないんですよね」

あるとき、珍しく後部座席の彼女がそんなことをポツリと言った。私的な会話をしたことがなかったので、私は内心慌ててしまった。

「じゃあ、どうしてこの仕事を？」

「半年前に父が事業で失敗しちゃって、いま実家は火の車なんです。私も大学に通うために上京したけど、休学せざるを得なくなって。自分で学費だけでも稼ごうと思って夜の仕事に飛び込んでみたけど、楽な仕事なんて世の中ないですね。ちょっと甘かったかも」

「そうでしたか」

「運転手さんは、こっちの人？」

「ええ。でも実家とは折り合いが悪くて、ずっと前に飛び出したきりです。仕事もなかなか続かず、プラプラしてばかりですよ。みんなが自然にできることが、俺にはなぜかすごく難しいです」

「そっかあ。なんだか一緒ですね」

「え？」

「私たち、どっちもきっと不器用なんですね。生きるって大変ですよねえ」言葉の中身の割には牧歌的な声音で彼女は言った。「じゃあお互いがんばりましょうね」

それ以来、私たちは断片的にではあるが、自分の境遇を話し合ったりするようになった。もちろんそれは彼女をアパートに送り届けるまでの十五分ほど、しかも相手が酔い潰れていない夜限定の、本当にわずかな時間に限られていたが。

当時の私はひどく孤独だった。世間に自分の居場所なんてあるとは思えなかったし、家族も友人も恋人もいなかった。ただ、孤独だけがいつも親しい友人のように側にあった。だが、彼女と深夜の街を車を走らせながら喋っている間は、不思議とそうした孤独を感じないで済んだ。

そんなある日、いつものように彼女を送り届けようと車を走らせていると、家には帰らないでほしいと突然彼女が言い出したので面食らった。

聞けば、彼女を気に入った客の男が、外でも追い回すようになり、いつの間にか自宅まで調べ上げて帰りの時間に待っていたりするようになったという。だから、なるべくひとりになりたくないし、家にも帰りたくない。そう言われて困り果てた私は、仕方なく彼女を自分のアパートに連れて帰って、その日は泊まってもらうことにした。とは言え、狭いワンルームの部屋だ。彼女には一緒の部屋でいいと言われたが、私はその晩、結局風呂場で寝るはめになった。その後、すぐに店が対応したらしく、彼女が家に来たのはその晩一度きりだったが。

　そんな奇妙な出来事があったひと月ほどのち。私は最後のチャンスとばかりに取り立て屋の職に就くことになり、送迎のバイトを辞することとなった。彼女にもう会えないことだけは心残りではあったが、皮肉なことに彼女の「お互いがんばりましょう」という言葉が私を奮起させ、そのような行動に移させたのだった。

　勇気がなくて、彼女には別れの挨拶のようなものも満足にしなかった。だが、元々それほどの仲でもなかったのだと言い聞かせ、己を慰めた。


　再会したのは、それから四年後。私が二十七歳、取り立て屋の仕事に骨の髄《ずい》まで浸《つ》かりきったころだ。

　ある日、アパートに帰ると見知らぬ女性が部屋の扉の前に立っていた。訪ねる部屋でも間違っているのだろうと、無視して中に入ろうとすると、声をかけられた。

「お久しぶりです。運転手さん」

　そう言われても、最初それが彼女だとはまったく気付けなかった。なにしろ当時と違って化粧も服装もひどくおとなしくなって、すっかり人が変わっていた。

「覚えてます？　ほら、アカリって源氏名で働いてた……」

記憶の彼女と目の前の彼女が重なって、思わず「あ」と声が出た。

「ど、どうしてここが？」

「前に一度泊めてもらったことがあるでしょ？　私が男の人に追い回されて困ってるって言って。もう引っ越しちゃったかとも思ったけど、いてくれてよかった。あのときは大変お世話になりました」

彼女がそう言ってぺこりと頭を下げるので、私も慌てて頭を下げた。

「いや、そんな……」

「あのあと、ろくに挨拶もしないで辞めちゃうんだもん。私、そのときすごく腹が立ったんです。一言くらい挨拶してくれたってバチは当たらなかったんじゃないかって。けっこう仲良くなれたと思ってたのは、私だけだったのかなって傷つきもしました」

「……すみません」

「まあでも、それも無骨な運転手さんらしいかなって思ったりもしましたけどね」そう言うと、彼女は俺を上から下までゆっくり眺めて顔をしかめた。「それにしても、ずいぶん服装が派手になりましたね？　どんな心境の変化？」

私は自分の服装を見下ろした。紫のダブルのスーツにピンクのシャツ、ゴールドの腕時計に指輪、髪はポマードでびっちり固めている。とてもカタギの人間には見えない。

「いや、これは商売道具と言いますか……」

「それって、どんな仕事？　まさか芸人にでもなったんですか？」

彼女はそう言うと、アパートの外廊下全体にまで響く大きな声で笑った。私も自分の姿をあらためて見返して、そして楽しそうに笑う彼女を見て、思わず吹き出した。自分がまだそんなふうに声を出して笑うことができることに、内心で驚きながら。

「それで、どうしてここに？」

本題に戻って再度訊くと、彼女の顔がたちまち暗くなった。なにかよくないことがあったのだと、それだけでわかった。

話をしたいので上がってもいいかと彼女に言われ、躊躇《ちゅうちょ》したが、とりあえず家に上がってもらうことにした。

私たちはちゃぶ台を挟んで座り、あらためて挨拶からはじめなければならなかった。なにしろお互い、本名さえ知らなかったのだ。

「私、本当は今井《いまい》敏子っていいます」

「立花です。立花勲」

彼女が運転手を辞めたその後を聞きたがったので、いまは取り立て屋をしていること、その関係でこんな派手な服装をしているのだと話した。

「運転手さん、じゃなくて、立花さんにはあんまり似合ってない気がします、その服装も仕事も。あ、もちろん立花さんが自分に合っていると思っているんなら余計なお世話ですけど」

この数年で感情をすっかり失いかけていた私は、もはや自分になにが合っているのか合っていないのか、そんな基本的なこともわからなくなっていた。だから曖昧《あいまい》に「どうでしょうね」と濁《にご》すことしかできなかった。

じっと見つめてくる彼女の視線にきまりが悪くなり、慌てて、そっちこそどうしていたのかと水を向けた。

「それが……」

そうして私は、最後に会ったあとの彼女について知ることになった。

彼女は、半年ほど前まで変わらずあの店で働いていたという。相変わらず接客も酒も苦手だったが、他にできる仕事も思いつかず、かといって大学に復学するにはもうとっくに時期を過ぎていた。結局、店側に引き止められる形で、あまりよくないと思いつつもずるずると続けていたそうだ。

ただ、いいこともあった。その店に来るひとりの客と相思相愛になった。交際をはじめて一年近く、すでに結婚についても話が出ていて、彼女が店を辞めるタイミングで一緒に住むことになったという。

彼と付き合ったあたりから彼女の運は良いほうに向かいはじめたように思えた。実家の父親の会社はこの数年ですっかり持ち直し、彼女も向いていなかった夜の仕事を辞めることができた。結婚も目前で、いまはパン屋でアルバイトをしながら料理学校に通っている。

そうして全てがうまくいくかのように思われたが……。

「やっぱりいいことって、そんなに続かないものなんですよねえ」

と彼女は嘆息した。

聞けば、我々の周りではよく聞く話だった。

一緒に暮らすようになってから、男は豹変《ひょうへん》した。なにかにつけ、学のない女はこれだから嫌だ、と嘲笑《あざわら》ってきたり、強い言葉で責める。彼女が言い返すと、目をかけてやった自分に逆らうのか、結婚を中止にしてもこっちは痛くも痒《かゆ》くもない、と脅《おど》してくる。

そこまで聞いてやっと私は理解した。彼女の唇《くちびる》の端にある、見過ごすことのできない大きな青痣の意味を。

「……ひどく殴られたんですね？」

「昨日の夜、久しぶりに口論になって……。でもその日は、それだけじゃ済まなくて。ときどき衝動的に手が出ることはあったけど、昨日はそれがさらにエスカレートして。本人も、自分でも止められないみたいだった。あのままいたら、私、どうなってたか……」

恐ろしくなった彼女は家を飛び出し、ネットカフェで朝まで過ごしたという。

「でも、どうして俺のところに?」

「飛び出したのはいいけれど、行くあてもなくて。大学を辞めてから私、こっちに友だちなんてひとりもいないし……」

そこで思い浮かんだのが、私だった。

「運転手さんは……立花さんは、口数は少ないけど話してみるとすごくやさしい人で、私が東京で唯一安心して話せた人で……ごめんなさい、勝手だとは重々承知してるんですけど、十日間、ここに泊めてもらえませんか? その間にどこか住む場所を探すので」

深く頭を下げる彼女を前にして、断るという選択肢はなかった。


それから、私と敏子のワンルームの部屋での奇妙な同居生活がはじまった。

といっても、恋人同士でも友人でもない、ほとんど赤の他人の二人だ。気まずくないと言えば嘘になるが、私は仕事でだいたい日中は家を留守にしており、会うのはせいぜい夜だけだった。さすがに風呂場で寝るのは無理だったので、玄関前の小さなスペースに布団を敷いて丸まるようにして、いつも寝た。

　そんなふうにほとんど接触のない生活をしていたが、数日後には夕食の料理担当は彼女になっていた。私が毎晩カップ麺をすすっているのを見かねたらしい。自分でも想像以上に家庭料理に飢《う》えていたようだ。彼女にそんなことをさせるべきではないと思いながらも、毎日の夕飯を楽しみにしている自分がいた。

　二人でそうして言葉少なに、芋の煮付けやサバの塩焼きに味噌汁がのったちゃぶ台を囲んでいると、奇妙な安らぎに包まれるのを感じた。

　彼女といるだけで、私は、自分が失っていた人間性を取り戻していくような気がした。向こうがどんな気持ちだったのかはわからない。だが、夜に家を訪ねてきた日に比べれば、彼女が明るくなっていくのは間違いなかった。そうして最初の十日で出ていくという約束もいつの間にか曖昧になり、私たちは微妙な距離を保ちながら生活を共にした。

　ある日、私は敏子の交際相手の男の元をひとりで訪ねた。住まいは、一度彼女と男の留守の時間を狙って荷物を取りに行ったことがあったので知っていた。

　やり方は、債務者を訪ねるときとほとんど同じでよかった。私はただ、扉から顔を出した男を無言でたっぷりと見つめたあとで、「彼女にまた近づいたら、二度と道を歩けなくしてやるからな」と伝えた。相手が私を何者と認識したかはわからないが、とにかくそれで話はついた。本当は百発殴っても足りないところだが、彼女がそれを望まないのはわかっていた。どっちにしろ、顔の怖さだけが取り柄の私には、そんな度胸もなかったが。

その晩、私は敏子に「もうあの男が君に近づくことはない」と伝えるつもりで、いつもより早い時間に帰った。自分たちの関係をもう少し先に進めたい。叶うなら、そんな言葉も一緒に伝えるつもりだった。

しかし、帰った私を彼女はひどく暗い顔で出迎えた。一体なにがあったのか。私が訊ねると、最近ずっと体調が悪いのが続いていて、病院に行ってきたのだと、さらに暗い顔になって答えた。

「赤ちゃん、三ヶ月だって」

敏子は、その男の子どもをお腹に宿していた。

私は息を呑《の》んだ。頭の中が真っ白になって、なにも言えないでいると、さらに敏子が続ける。

「明日ここを出て、実家に帰ろうと思います。今日まで宝物みたいな時間を本当にありがとう。最後まで勝手でごめんね」

「お腹の子はどうする?」

彼女は突然、明るい表情になって言った。

「もちろん生むよ！　ここを出るのはとってもさみしいけれど、でも私、この子の母親になるって決めた」

まだ平坦なお腹にそっと手をのせて笑う彼女を見て、いろんな感情が一瞬で胸を駆け巡る。

そして、気がつくと自分でも思いがけない言葉が口をついて出ていた。

「だったら、俺がその子の父親になってもいいかな」

「え？」

「ここが気に入っているなら、ずっとここにいればいい」

私を啞然《あぜん》とした表情で見て、敏子が言った。

「……本気なの？」

「本気だよ」

「私はひとりでも大丈夫だよ？」

彼女を見つめたまま、私はゆっくり首を横に振った。

「君のためを思って言ってるんじゃない。俺自身のために言ってる。君がいないと、俺は自分をきっと失ってしまう。薄暗い場所で、一生生きていくことになる。だけど、そんな人生はやっぱり嫌なんだ。だから、ずっと一緒にいてほしいと今夜お願いするつもりだった。だから、行かないで。君も赤ちゃんも守れるように、俺、がんばるから」

それは私なりの精一杯のプロポーズの言葉だった。いま思い出すと、なんと情けないのだろうと呆れてしまう。

だが、敏子はそんな私に涙を流して頷いてくれたのだった。


翌年、待望の赤ん坊が生まれた。春に生まれたその子に、私は菫と名付けた。私は自分で驚くほどすんなりと、菫を我が子として受け入れることができた。もちろん生まれてくるまでは、不安や迷いが何度となく胸に湧き起こりもした。だが、それも生まれたばかりの菫をこの手に抱いた瞬間に吹き飛んでしまった。

「やあ、君のお父さんだよ」

敏子から「抱いてあげて」と言われて受け取った菫は小さくて、儚《はかな》くて、そっと扱わないといまにも壊れてしまいそうだった。それでいて、この世界にしっかりと存在を示すように生命力に満ちていた。その温かさを感じていると、胸のうちにいままで味わったことのない喜びがあふれ、自然と涙が出た。

敏子は私に「ありがとう」と言った。父親になってくれてありがとう。きっとそういう意味で言ったのだろう。だが、その言葉を言いたいのは私のほうだった。こんな自分を父親にさせてくれて、こんなにも幸せにしてくれて、ありがとう。それが私の本心だった。

敏子と、そして彼女が生んでくれた菫が、私を幸せにしてくれた。私ははじめて幸せというものの存在を身近に感じた。はじめてこの世界に自分の居場所を見つけることができた気がした。

だが、そんな矢先、ひとつの大きな事件が起きた。

私が担当していた債務者の男が、風呂場で手首を切った。ギャンブルにハマっていろんなところで金を借りまくった挙句、追い込まれてのことだった。自分の人生に絶望した人間が選んだ、最後の選択肢だった。

発見したのは、私だった。アパートを訪ねると、鍵も開いているし電気もつけっぱなしなのに男の姿がないことに妙な胸騒ぎを覚え、部屋の中を見て回った。そこで風呂場の惨状を目の当たりにすることになったのだ。

私は無我夢中で血に染まった浴槽の中で意識を失っている裸の男を引き上げ、傷口にタオルを当てながら、救急車を呼んだ。

「しっかりしろ。死んだらダメだ……」

自分の立場も忘れ、私は救急車が到着するまで必死に彼に話しかけていた。

結果的に、男の命は助かった。だが私の中で、彼を発見したときのあの恐怖が消えることはなかった。

あのとき、自分がたまたま見つけなければ、男は確実に死んでいた。そのことが心底恐ろしくなった。彼を追い込んだのは、間違いなく私だった。自分のしている仕事の意味が、はじめて実感として重く肩にのしかかってきた。

夜、ベビーベッドで眠る菫の顔を見ながら、自問した。この子に誇れるような仕事を自分はしているんだろうか？　いつかこの子が大きくなったとき、自分の生き方を誇れるだろうか？　答えは、あまりに簡単だった。

結局私は、男が退院するとすぐに知り合いの弁護士のところに連れていき、債務処理の手続きをさせた。もちろん債権回収業者である私がそんなことをするなど許されることではない。すぐに会社に知れて、クビになった。

それは、私なりの贖罪《しょくざい》だったのかもしれない。いま振り返るとそう思う。私が苦しめてしまった人たちへの、せめてもの償いの気持ちだった。だからクビになっても、それもまた当然の報いだと思った。

そうは言っても、これからの人生を考えて途方に暮れた。社会にうまく馴染めなかった私が、ようやく最後に行き着いた仕事。最後の砦《とりで》。それを失ったのだ。

この先、どうしたらいいのだろう？　私には、妻と、生まれたばかりの赤ん坊というなにがあっても守りたい存在がある。だから、どんな仕事でもやる覚悟はある。だがそれと同時に、これからは人の役に立てることを仕事にしていきたい、という思いもあり、心は揺れ動いていた。

そうして、これから先の人生を思案していたころ。一軒の喫茶店にたまたま行き着き、そこで飲んだコーヒーが、私の人生を変えた。

立ち寄った場所で偶然飲んだ一杯のコーヒー。

それは大袈裟に言ってしまえば、天からの啓示《けいじ》だった。

子どもの頃、ほんの一時期だが喫茶店をやりたいと夢見ていた時期がある。コーヒーを飲んだ瞬間、なぜかその夢を強烈に思い出した。

自分の店に立ち、毎日やってくる人々の幸せを祈って毎日コーヒーを淹れている、そんな自分の姿が思い浮かんだ。仕事を誇りに思い、人を笑顔にすることに心からの喜びを感じている自分の姿。

人生ではじめての経験だった。こんなにもやりたいことを見つけたのは。誰のためでもなく、自分のために、私の心はそれを渇望していた。

喫茶店をやりたいと思ってる。子どもの頃の夢を、叶えたいんだ。反対されるのを覚悟しておそるおそる打ち明けると、敏子は「いいんじゃない」と拍子抜けするほどすぐに賛成してくれた。

「あなたが喫茶店のマスターかあ。そんなこと考えたこともなかったけど、でもなんとなくピッタリな気がする。自分の進みたい道を見つけてくれてうれしい。はじめて会ったときから、あなたは生きることをどこかで諦めているように見えたから。そういうことなら、私もいくらでも協力する」

「本当にいいのかな？」

私がためらいながら確認すると、菫を胸に抱いた敏子が頷いた。

「いいよ。ほら、菫も賛成だって」

母親に抱っこされた菫が、キャッキャと声を上げて笑っていた。

私はそこからコーヒーについて猛勉強を開始した。敏子は私の頭の回らない資金繰りや経営関連で大いに助けてくれた。

そうして、純喫茶トルンカという店は誕生した。

はじめての自分の居場所。そこには家族がいる。

ここでずっと家族と一緒に暮らせれば、そして来てくれるお客さんのために最高のコーヒーを淹れられれば、それ以上は望まない。

ありがたいことに、なんとか食べていけるくらいに店は繁盛した。

トルンカという店が少しずつ成長していくのと同じく、菫も成長していった。神様のいたずらだろうか、大きくなるにつれ、菫は私とよく似た気質を見せるようになった。トルンカにいても、隅っこの席に座るのを好むような物静かな子。おかげで、敏子の親族含め、よもや私たちに血のつながりがないなどと考える人は誰もいなかった。

菫が六歳のとき、家族がひとり増えた。私はその女の子に、抽出されたコーヒーの雫のように、豊かで凝縮された人生を歩んでほしいと願い、雫と名付けた。これもまた不思議ないたずらで、菫とは正反対の、元気で好奇心旺盛な子にすくすくと成長した。

雫が加わったことで、家族は一気に賑やかになった。

だが、神様はとてつもなく残酷だった。

なにがいけなかったのだろう？　願いが叶ったことへの私の感謝が足りなかった？　過去をすっかり忘れ、幸せであることを当たり前と思うようになった私への罰だろうか？

それとも、全ては最初から運命として決まっていたのか？

いくら考えても、答えは出ない。

ひとつはっきりしているのは、私たちは大切な家族を失ったということ。

菫は、私たちの大切な上の娘は、十七歳の若さで逝ってしまった。

そしてその出来事が私たち家族に深い傷を残すことになってしまった。

翌日、午前中だけの営業を終えるとすぐに成田空港へと向かった。帰国する敏子を迎えにいくためだ。

昨晩は焙煎中にもかかわらず物思いにふけってしまい、豆をローストしすぎて使い物にならなくしてしまった。そんな失敗をしたのは開店当初だけだったので、さすがに動揺した。

敏子の搭乗した飛行機は予定通りに到着し、空港カウンター前でしばらく待っていると、やがて大きなトランクを引きながら姿を見せた。よく陽《ひ》に焼けて健康そうな肌に、ひきしまった体。昔は肩甲骨まであった髪も、ここ数年はずっと少年のような短さ。服装も青いセーターにブルージーンズに使い古したスニーカーと、動きやすそうではあるがお洒落《しゃれ》とは無縁だ。

「敏子」

私が手を振ると、すぐに向こうも気づいて近づいてくる。

「わざわざ空港まで来てくれなくてもよかったのに」

「まあそう言うな。荷物持ちがいたほうが助かるだろう。一度、家に荷物を置いてから雫の病院に行くか？　家でコーヒーを淹れるから、一息ついたらどうだ？」

自分でも空回りしているのがわかるくらい、私は努めて明るい声で言った。だが、これから雫抜きで何日も同じ家で過ごすのだ。完全に以前のようにとまではいかなくても、妙な緊張感の中で過ごすのは避けたいと、電車に揺られながら考えたのだ。

ところが私の言葉に、敏子が途端に顔を曇らせる。

「それなんだけど、私、そっちには基本行かないで済まそうと思うの。向こうの仲間がアジアからの旅行者向けに貸し出してるゲストハウスが雫の病院の近くにあってね。事情を話したら、何日でも使ってくれてかまわないって。ほら、雫の世話やリハビリに付き合ったりを考えたら、近いほうが便利でしょう？　お店の手伝いができなくて申し訳ないけど……」

視線を合わせず、言い訳のように早口で言う。目には見えないが、きっぱりした境界線を引かれた気がして、途端に心が冷たくなっていく。だが、同時に敏子と二人きりで過ごさないで済むことに、どこかで安心している自分もいた。

ふいに、先日の雫の言葉が脳裏に鮮明に蘇ってくる。

『……どうしてお母さんは戻ってこないのってわたしが訊いたら、お母さん、泣き出しちゃったんだよね。それで言ったの。「私はあの人に言ってはいけないことを言ってしまった。あの人も、たぶん私を一生許すことはないと思う」って……』

思わず、ぎゅっと目を瞑る。

本当にそうなんだろうか？　私は彼女をまだ心の中で許していないのか？　もしも私が許すと言えば、彼女は家に戻ってきてくれるのだろうか？　そもそも私は彼女が帰ってくるのを本当に望んでいるのだろうか？　わからない。

だが、こうして彼女を目の前にすると、自分の中のある感情が強く反応する。胸になにかがつっかえているような、ひどく不快な感覚。それを人は、わだかまりの感情と呼ぶのだろうか。敏子といると、それが湧き上がってきて呼吸が浅くなる。かつては誰よりも身近な存在だったのに。

「あなた、どうかした？」

私は目を開けると、敏子になにもなかったように言った。

「わかった、そうしよう。そのほうが雫の病院にたしかに通いやすいしな」

「ありがとう。あと迎えに来てくれて驚いたけど、すごくうれしかったわ。それに関しても、ありがとう」

敏子はそう言って頭を下げる。私は頷くと、彼女からトランクを受け取って、足早に前を歩き出した。

雫の顔が一刻も早く見たいという敏子の希望で、私たちは病院に直行した。

病院に着くまで敏子はずっともどかしそうに繰り返し、電車の中でもそわそわしっぱなしだった。

「大丈夫かしら、雫」

ようやく病院に着くと、敏子は病室まで大慌てで向かった。四人部屋の入り口から一番遠いベッドに、雫が半身起こしていた。

昨日私を迎えたときのように呑気に手を振って、雫が我々を迎える。

「お母さん、やっほー」

敏子が困惑した顔をするので、私は横で苦笑した。

「なんだか思ってたのと違うわ……」

「だから何度も言ったじゃないか。こいつはすごいケロッとしてるんだよ」

とはいえ、右足はギプスで固定されたまま吊《つ》るされていて、痛ましい光景ではある。

「お父さんに、お母さんが今日帰ってくるって聞いてびっくりしちゃった。ごめんね、先月もお姉ちゃんの命日で帰ってきたばかりなのに」

敏子が雫のベッド脇に寄り添う。

「なに言ってるの。そりゃ飛んで帰ってくるに決まってるでしょう。大丈夫？」

「頭も打ったからそっちが心配だったけど、検査の結果、大丈夫だったよ。でも足のほうで三週間は入院生活だって。で、お母さんが付き添ってくれるって本当？」

「ええ。退院するまでずっといるつもり」

「やったね」と雫がうれしそうに笑う。「この際だから、甘えまくっちゃおう」

「あらあら、小さな子どもみたい」

「こんなときくらい、いいでしょ？」

「もちろん大歓迎よ」

私は二人のそんな会話を遠巻きに微笑ましい気持ちで眺めていた。敏子と、母親と話しているときの雫は本当にうれしそうだ。もともと小さいころは大の甘えん坊で、母親と姉のあとを追いかけ回していた子だ。敏子といると、私の前やトルンカでは見せたことのない表情になる。これが非日常ではなく日常だったら、とふと思ってしまう。

「お店のほうも手伝うの？」

雫の問いに、敏子が一瞬硬い表情になる。

「そうね、そっちは……」

私はさりげなく会話に加わった。

「そっちは俺ひとりで大丈夫だ。母さんは病院の近くの宿に泊まって、雫の世話に専念してもらうことで話がまとまってる」

「そうなんだ……」

明るかった雫の表情に一瞬、影が差す。だが、すぐにまた明るい雫に戻る。

「じゃあお父さん、お店はよろしく。私がいないんじゃ店の魅力も半減だろうけど」

「おまえ、自己評価が高すぎるぞ。まあ、今朝も来てくれた常連さんたちから雫は大丈夫なのかって質問攻めにあってきたところだけどな」

「あいつはピンピンしてるって、みんなに言っといてくれた？」

私は笑って応じた。

「ああ、言っといた。おまえ、浩太にも連絡してやれよ？　ひどく心配してたからな。俺はあいつが心配だ」

「はいはい。でもあいつにこの姿は見せたくないから、見舞いは絶対NGって伝えとく」

「あら、お見舞いくらいいいじゃない。私もコウちゃんに会いたいし」

「お断りしまーす」

「雫がコウちゃんに対してだけ横暴なのは、変わらないわねえ」

呆れたように敏子は言うと、ナースステーションの看護師さんたちに挨拶してくると病室を出ていった。すると、さっきまでお気楽だった表情の雫が、ふと憂いを帯びる。そして、こちらに素早く顔を向けてくる。

「お母さん、大丈夫かな？」

「なにがだ？」

「なにがって、私がこうして入院してる姿見たら、お姉ちゃんが入院してたときのこと、思い出すんじゃないかなって」

私は驚いて雫を見た。こっちが拍子抜けするほど明るいと思ったら、そんなことを考えてのことだったのか。この子は本当にいつも人のことを気にかけている。やさしい娘に育ってくれたのがうれしいと思う一方で、自分たちがこの子をそうさせてしまったのかもしれないと申し訳ない気持ちになる。

私は椅子に座って、雫に静かに言った。

「大丈夫だ。母さんはおまえのことが心配で、そんなことを考える余裕もないと思うぞ。つまらないことは気にしないで、さっき言ってたようにただ甘えればいい」

「うん、わかった」

さっきよりも少し表情をゆるめて頷くと、ポツリと言った。

「でもこうして入院してると、わたしも病室にいたお姉ちゃんを思い出しちゃうな。あのとき、お姉ちゃんはもう自分が助からないって知りながら、どんな気持ちでいたのかなとかさ」

　私は椅子から身を乗り出し、雫をしっかり見つめた。

「そんなこと、いまは考えないでいい。自分の治療に専念しろ」

「わかってる。でもまあ、やっぱりちょっとは考えちゃうよ。お姉ちゃん、よくわたしに今日はなにがあったのかって、話を聞かせてほしがってたなあ。あんまり自分の話はしないでさ」

「……たしかに菫は自分のことを話すより、人の話を聞くのが好きな子だった。それは病気になってからも変わらなかったな」

「うん、いつもわたしのこと気にかけてくれたよね」雫は思い出すように窓の外の青空を眺めて言った。「お父さんとお姉ちゃんって、雰囲気がすっごい似てたよね。二人とも静かで、わたしやお母さんが喋ったりしてるのを微笑んで見てる感じ」

「ああ、そうだったな」

「わたし、小さいとき、二人のことが羨ましかった」

　雫が遠い目をして言うものだから、驚いて私は「なにがだ?」と訊ねた。

「だって、二人は誰がどう見ても親子なんだもん。逆にわたしは二人とあんまりにも似てないから、本当はわたしだけもらわれっ子なんじゃないかとか、バカみたいなこと考えていじけてた」

「バカを言うな。そんなわけないだろう！」

つい声に険《けわ》しさがこもってしまう。

「そんな怒鳴《どな》んないでよ。バカなことだって言ったじゃん。五歳とか、ほんとに小さいころの話だもん」

「いや、すまん。悪かった……」

「さっきから、お父さん、なに焦ってんの？　なんか隠してる？　まさか、わたしって本当にもらいっ子だったり？」

雫がいたずらっぽい顔で訊いてくる。

「正真正銘、俺たちの子だよ」

私が力を込めてそう言ったところで、敏子が病室に戻ってきた。「二人でなんの話？」

と訊いてくる。

「お父さんから説教されてた」

「おまえな、適当なこと言うなよ」

私が呆れて言うと、敏子が「二人とも、昔からちっとも変わらないわね」とくすくすと笑い出した。

夕方に病院を出ると、敏子を宿泊予定のゲストハウスまで送っていった。道々、話題にのぼるのはもちろん雫のことだ。

「思ったより元気そうでよかったわ。大怪我して泣いてるんじゃないかと心配したけど、あの子ももうそんな小さな子どもじゃないのね」

「でも君に甘えられると知って、とても喜んでいたよ」

「ええ、そういうところは変わらないわね。私もうれしい」

敏子はそう言って、うれしそうに微笑んだ。娘の役に立てるのが本当にうれしくてたまらないといった表情だった。

やがてゲストハウスが見えてくると、「もうここで大丈夫」と別れの言葉もそこそこに敏子は去ろうとする。

そんな彼女を、私は思わず呼び止めた。

「なあ、敏子」

「うん？」

数秒の沈黙のあとで言った。

「ちょっと二人の認識を確かめておきたいんだ」

私の真意がわからないからか、緊張したようにこちらを見てくる。

ひとつ咳払いをしてから、私は敏子を真剣に見つめた。

「つまり、菫のことだ。雫には、菫と俺が本当の親子じゃないという話は、しないよな？」

敏子が頬を叩かれでもしたかのように、ハッと目を見開く。

当然だ。そんなふうにこの事実を私が口にしたことは、過去を遡っても一度もなかったのだから。だが、この間、雫から話を聞かされて以来、私はずっと不安だった。敏子がふとした拍子に、雫にその事実を打ち明けてしまうのではないかと。そんなことになれば、雫は間違いなく動揺するだろう。私たち家族の関係を、いままでのように見られなくなるかもしれない。菫と私が似たもの親子だと強く認識をしていたからこそ、我々の血がつながっていなかったという事実を余計に受け入れられないかもしれない。

この件について、秘密にしよう、とあえて口に出して約束したことなど一度もない。敏子も同じ考えだと信じてはいるが、ここではっきりと言葉にして確認しておきたかった。

雫を傷つけてはいけない。それこそが親である我々にとって、一番大事なこと。私と敏子のこの微妙な関係のことなど、それに比べれば瑣末《さまつ》なことだ。

「ええ。そのつもりよ。いつか菫が大人になったら話すべきかもしれないと思っていたけれど……。でも、もうそれを伝えることもできないし、それなのに雫にあえて言う必要があるとは思えないわ」

　私は「そうだな」と頷いた。

「雫はとても繊細な子だから、きっと強いショックを受けると思うの。私はただでさえ菫を亡くしたときに、自分の内側にこもってしまって、あの子をひどく傷つけてしまった……。もうこれ以上、あの子に重荷を背負わせたくない」

　敏子が同じ気持ちであることに、私は心底ほっとした。

「よかった。安心したよ」

「ごめんなさい、私、雫に先月会ったときにいろいろ聞かれて、少し感情的になっちゃって、喋りすぎたかもしれない。でも、そのことについてはなにも言ってない。それは信じてほしい」

「もちろん、信じているさ」

　私たちは向き合って、小さく頷き合った。

　敏子が踵《きびす》を返して、陽の沈みかけた住宅街を再び歩き出す。

　夕日に照らされた彼女の背中は、なぜだかひどく頼りなく見えた。

　本当は、もっと伝えるべきことがあるんじゃないか。どうしてこんなにもお互い遠慮し合い、他人行儀にしか話せないのだろう。

そんなはがゆさを感じながら、道端に立って彼女の背中をじっと見送った。

やがてその姿が建物の中に消えてしまうと、私は胸の想いを振り払うように反対方向に向かって勢いよく歩き出した。


雫が入院して、一週間が経った。

秋は少しずつ深まりを見せ、街路樹の葉は黄色く色づいてきている。やってくるお客さんたちの服装も薄手から厚手のものへと徐々に変わってきた。そう、いろいろ慌ただしくしているうちに、気がつけば温かいコーヒーがうまい季節にすっかりなっていた。

結局、当面の間は午後五時までの短縮営業の形を取ることにした。夜に店に来るのを好むお客さんも少なからずいたので、申し訳なく思う。だが、雫がいないと店も家のことも、たちまち回らなくなってしまう。どれだけ雫に頼っていたかを、この一週間で痛感している。

常連さんたちもそれは同じようだった。毎日のように誰かしらに雫の容体はどうなのか、もう退院できるのか、と聞かれる。一日二日で変わるわけでもないと頭ではわかっていても、雫の姿がこの店にないことが落ち着かないようなのだ。

最初は自称で『トルンカの看板娘』を名乗っていた娘は、いつの間にか本当に常連さんたち認定の看板娘になっていたらしい。我が娘ながら、大したものだと思う。

今日は土曜日。本来なら午前中からそんな雫がいて賑やかになるはずが、平日の午前中のように静かなものだった。暇そうだった宇津井君には裏で欠点豆のハンドピック作業を頼んだので、店に立つのは私ひとり。

今朝も常連さんたちは各々好きな時間を過ごしている。千代子さんはテーブル席で編み物に興じ、沼田さんはコーヒーカップ片手に物思いに耽《ふけ》るように目を瞑り、滝田さんは時代小説に夢中だ。ショパンのピアノ曲が店内には流れ、コーヒーの香りと交じり合う、静かな時間。

と、ぱたりと本を閉じた滝田さんが、いつものカウンター席から話しかけてきた。

「マスターさあ、少しくらい店を休んだっていいんじゃないの？　客としてはやってくれてるのはありがたいんだけど、こんなときくらい休んだって誰も文句言わないよ」

なんの前置きもなしに、こうして突然会話をはじめるのが滝田さんという人だ。慣れたもので、私もグラスを磨きながら淡々と答える。

「こうして店をやってるほうが落ち着くんですよ」

「でも、雫ちゃんの世話とかいろいろあるだろう？」

「そっちは敏子が——妻がやってくれているんで大丈夫です」

「ああ、敏子さん、帰ってきてるんだよな」

「ええ」

私は軽く頷く。敏子とは帰国した日に会ってから、一度も顔を合わせていない。ときどきメールはするものの、お互い連絡事項だけの簡素なものだ。

「こっちには来ないの？　久しぶりに会いたいもんだが」

「病院近くの知り合いのゲストハウスに泊まってるので」

「病院の近くったって、こっから病院だって目と鼻の先じゃない」

滝田さんが呆れたように言ってくる。普段は心地いい滝田さんの一切遠慮ない言葉も、いまは正直ありがたくない。

「あいつにはあいつの考えがあるようです」

私が言葉を濁してそう言うと、滝田さんはむーんと鼻息をもらしながら腕を組んだ。うちの昔からの常連である滝田さんや千代子さん、絢子ちゃんなどは菫が亡くなったころにはもう店に来ていたので、当然ある程度の事情は知っている。

「……なあ、マスター」

滝田さんが珍しく遠慮がちに言う。

「詮索する気はないんだけどさ。でも、もう俺たちもずいぶん長い付き合いじゃない？

そんで、マスターはここでずいぶん俺たちを助けてくれたよな。だからまあ、ちょっとは言わせてほしいっていうかさ」

私はふとグラスを拭いている手を止めて、顔をあげた。

「なんの話です？　私はみなさんを助けたりした覚えはないですが……」

滝田さんが「もう、ほら、そういうとこ」となぜか不服そうな声を出す。

「この店があったから、みんな救われたって、そういう話だよ。ただ、あんたがここにいて、この場所で変わらず俺たちの相手をしてくれて、そして話を聞いてくれる。それだけで、ここに来るみんな、ずいぶん救われてるんだぜ。俺も千代子さんも沼田さんも絢子ちゃんも千夏さんも。あの久子ちゃんだってそうさ」

私はあやうくグラスを取り落としそうになりながら、滝田さんを見た。私がみんなを救っている？　そんなふうに考えたことなど、一度もなかった。みんなに支えてもらっているのは、私と、この店のほうだと当たり前のように思っていた。

「なあ、マスター。どうして俺たちがトルンカに来ると思う？　そりゃ、コーヒーがうまいからってのもある。店の佇まいが気に入ってるってのもある。でもさあ、やっぱり最後は人だと思うんだよ。そこにいる人に魅力がなきゃ、毎日なんて来ないよ。それどころか、女房の形見のかんざしを預けたりなんてしないよ。つまりさ、俺たちはさ、マスターを人としてすごく好きだし、尊敬してるんだよ」

「……」

ずっと、人には好かれない人間だと思っていた。子どものころから感情に乏《とぼ》しくて、なにを考えているのかわからないと親には言われ続けてきた。大人になっても社会に馴染めず、他の人と違う欠陥品のような気持ちで生きてきた。取り柄はコーヒーを淹れられるくらいで、だからこそこの小さな城でしかうまく生きられなかった。

ただ自分の城を守って必死に生きてきただけ。そんな私が？

「なんだ、その苦虫でも噛みつぶしたみたいな顔は？」

「いや、どうも滝田さんの言葉が信じられなくて……」

滝田さんが苦笑する。

「おいおい、立花さんよお。あんたはコーヒーや客のことじゃなく、ちょっとは自分のことも省《かえり》みたほうがいいよ」

私は相当情けない顔になっていたのだろう、滝田さんの苦笑がさらに増す。

「もちろん立花さんが不器用な人だってのは、よーく知ってる。でもコーヒーと向き合うばかりじゃなくて、たまには自分自身と向き合ってみてもいいんじゃない？」

「自分自身ですか……」

「そう、自分の心と向き合うことで、はじめて楽になれることってあると思うんだよ。そりゃ、それは痛みを伴うこともあるけどさ。でも、それを避け続けてると、結果的にあとで必ず後悔することになる。俺はもう、それを嫌というほど学んだ。だからさ、マスターには後悔してほしくないんだよ」

こんなとき、雫がいたら「パチンコにハマってた滝田じいの言葉とは思えないね」などと言って、話にオチをつけるのだろう。だが、雫がいないこの空間では、言葉はそのまま宙を彷徨《さまよ》ったままだ。

自分自身と向き合う。それを避け続けていれば、いつか後悔することになる……。私も悩みを打ち明けてくるお客さんに、もっともらしく似たようなことを語った記憶がある。

突然、自分自身にその問題が突きつけられた気分だった。偉そうに言っておきながら、私自身がそのことをできていなかったということなのか。なんと滑稽《こっけい》な話だろう。

愕然《がくぜん》としていると、テーブル席で編み物に興じていた千代子さんが言った。

「滝田さん、お話ばかりしてないでマスターにちゃんと渡してくれた？」

「おっと、そうだった。つい熱くなっちまった」

千代子さんに言われた滝田さんは、四角い缶を鞄から取り出した。贈答用の煎餅が入っているらしき深緑色のその缶を、カウンター越しにこちらに乱暴に押してくる。

「なんです？　私にですか？」

「うん、みんなでさ、ちょっと相談したんだ。マスターもきっと大変だろうからって。それで、ちょっとでも俺たちで役に立てないかと思ってさ。まあ、ささやかながらいつも世話になってるお礼。受け取ってくれ」

私は言われるまま、深緑色の缶を受け取る。

開けてみて、驚いた。けっこうな額のお札が入っている。意味がわからずに滝田さんを見る。

「雫ちゃんの入院代バカになんないだろ。だから、常連のみんなでカンパすることにしたんだよ。まあそんな大した額じゃないけど、足しにしてやってよ」

「いや、こんなもの、もらうわけには……」

「もらってよ。言っただろ？　俺たちからの、いつも世話になってるお礼だって。こんなときくらいしかお返しする機会がないからさ。今日ここにいない人たちからも、よろしくって言伝預かってる」

店内を見回すと、沼田さんと千代子さんも滝田さんの言葉を肯定するように、ゆっくりと頷く。

不意に、目頭が熱くなる。

ここで店をやるようになってから、人のやさしさをずいぶん教えてもらってきたつもりだ。私もみんなのおかげで、ずいぶん人間として成長できたとも思う。だが、みんなから、こんなにも自分が愛されていると実感したことはなかった。

店をやる身として、私はいつも彼らに差し出す側だと思っていた。それを受け取ってもらってこそ、自分に存在価値が生まれるのだと。しかし、その缶にはそうした関係を超えた、ただ純粋な愛が詰まっていた。金額がいくらかなどは問題ではない。みんなが私や私の家族のためになにかしたいと思ってくれた、その気持ちがうれしかった。

いまこの瞬間、なぜだかいままでの人生全てを肯定してもらえたような気がした。二十年間、ただ愚直に店に立ち、コーヒーを淹れてきた私の生き方は間違っていなかったのだ。そう感謝の念と共に素直に思えた。

「……ありがとうございます」

私が涙をこらえて、深々と頭を下げると、

「私たちがしたかっただけだから、そんなかしこまったお礼なんていらないのよ」

千代子さんが微笑んで言い、沼田さんも頷く。

「千代子さんの言う通りだ、立花さん」

「憎いよ、マスター。めちゃめちゃ愛されてますねえ。俺も安心して卒業できるってもんですよ」

いつの間にか裏から戻ってきた宇津井君も冗談交じりに会話に加わる。

「せめてコーヒー一杯ずつだけでも、ご馳走させてください」

私の言葉に、「よせよせ」と滝田さんが呆れたように手を振ってみせる。

「マスターが義理堅いのは十分知ってるから。でも今回はさ、素直にただ受け取ってくれよ。その方が俺たちもうれしい。もしそれでも受け取りにくいって言うんなら、俺たちから雫ちゃんへって思ってよ。トルンカの看板娘が一日も早く戻ってきてくれるようにって、俺たちからの願いってことでさ」

その言葉に、他の全員が頷く。

トルンカに来てくれる人々のたくさんの思いがこもった缶を持つ両手に、力が入る。

この温かな気持ちを、敏子にも共有したい。自然と、そう思った。

この喜びを伝えるなら、店を一緒にはじめた敏子以外にいるわけがない。

彼女がこの場にいないのが、たまならくさみしかった。

そうだ、私はさみしいのだ。彼女がここにいないことが。

ずっとずっと、私は彼女がこのトルンカという場所から消えてしまったのが、さみしくてたまらなかったのだ……。

二十数年前、アパートを敏子が訪ねてきた夜がふいに思い出される。もう二度と会うことはないと思っていた彼女が、アパートの外廊下で私を待っていて、そして「運転手さん」と声をかけてきた、あの夜。そこからはじまった奇妙な同居生活。それはうまくいかないことばかりの私の人生にはじめて灯《とも》った、暖かな篝火《かがりび》だった。

もう一度、あのころの自分に戻って、あのころの敏子に会いたい。

本当の言葉で、彼女ともう一度話がしたい。

もしも、まだ間に合うのなら。いや、間に合うと信じたい。

滝田さんの言うとおりだ。いまこそ、自分自身と向き合わなければいけない。

私はもう一度、みんなに向かって頭を下げてから毅然《きぜん》として言った。

「明日、店をお休みにしてもいいでしょうか。大切な人に会って、どうしても伝えたいことがあるので」

その日の夜の十一時過ぎ。とっくに照明も落としたトルンカの店内で、私はぼんやりとカウンター席に座って、明日敏子に会ってなにを伝えればいいのだろうと考えていた。言葉は雲のように摑《つか》みどころがなく、おまけに考えれば考えるほど勇気が萎《しぼ》んでいく。自分自身と向き合うことを避けてきたいま、それがツケとなって盛大に押し寄せている気分だった。

風の強い夜だった。時折突風が吹き荒れて、扉がガタガタ鳴る。と、不意に風の音に紛れて扉がコツコツと控えめにノックされる音が聞こえて、私は思わず身構えた。

こんな時間に一体誰が？　訪ねてくる予定の人物など、当然いない。

ただの風の音かとやり過ごそうとすると、今度は疑いようのない少し強めのノック音が店内に響く。

一体、なんだというんだ？　少し恐怖を感じながら扉の前まで行き、そっと開けて隙間から確認する。

と、そこにはよく知った少年が風に煽《あお》られながら怯《おび》えたように立っていて、思わず息を呑んだ。

「浩太か？　どうした、もう遅い時間だぞ？」

雫が怪我した日に病院で会ったのが、一週間前。それからのわずかな時間で頰が明らかにやつれ、目の下には深いクマがあった。いつものお調子者の少年は、十歳は年をとってしまったように見えた。上下スウェット姿で、家から直行してきたらしい。

「ここに来るのは、お母さんたちにちゃんと言ったのか？」

「コンビニ行くって言ってきた。……ちょっと入ってもいい？」

「あ、ああ。なにか飲むか？」

私の問いに、浩太は無言で首を横に振る。「とにかく座れ」と私はカウンター席に座らせ、水の入ったコップをその前に置いた。私はカウンターの内側に入って、浩太を見下ろす。風で髪の毛がぐしゃぐしゃなのも直そうとせず、じっと俯いて座っている。

「おまえ、学校ちゃんと行ってるのか？　病院で会ったきり、ずっと店に姿を見せないから心配してたんだぞ」

「大丈夫、学校にはちゃんと行ってる」

「大丈夫にはまったく見えないぞ」

少しでも空気を軽くしようと、わざとらしく肩をすくめてみせた。しかし浩太は依然俯いたまま。私が焦《じ》れて自分にも水を注《つ》ごうとしたところで、消え入りそうな声がした。

「……俺、マスターに謝らないといけない」

「謝る？　なんの話だ？」

「雫の怪我のこと」

「ああ、電話で知らせてきたときに、『俺のせいだ』って言ってたことか？」私はもう一度肩をすくめた。「雫が呆れてたぞ、そんなわけないって。だいたいおまえ、その場にいなかったんだろう？」

ちょうど一年ほど前のことだ。浩太は野原というバレー部の一年先輩の男から執拗《しつよう》な嫌

そうして、途切れ途切れになりながらも浩太が話したところによれば、こんな話だった。

する。

話がまったく見えない。だが、ここで急《せ》かしてはいけないと、浩太の言葉に意識を集中

「……？」

「バレー部の俺の一年先輩だったやつ。だから、もういまは卒業してるんだけど」

突然知らない名前が出て困惑する。

「野原？　誰だ、それは？」

「野原《のはら》って奴がいてさ……」

「ちゃんと事情を話してくれ。そのために来たんだろ？」

私は小さくため息をついてから、浩太に促した。

そうな顔を目の前でされては、追い返すわけにもいかない。

がいっぱいで、浩太の相手をしている気持ちの余裕はなかった。とはいえ、これだけ深刻

言っている意味が私にはまったく理解できない。正直、今夜は敏子とどう話そうかで頭

頑《かたく》なに言う浩太は電話のときのように、いまにも泣き出しそうだった。

「俺のせいなんだよ」

がらせを受けていた。理由は、後輩の浩太がレギュラー入りしたことを妬んでのこと。浩太は最初こそ飄々《ひょうひょう》とやり過ごしていたが、だんだんその嫌がらせが心に重くのしかかるようになってきて、部活に行くのが苦痛になった。結果、部活をサボってトルンカで時間を潰す日々が増えたという。

そんな浩太の様子を見て、雫がおかしいと思わないわけがない。なにを落ち込んでいるのかとさんざん問いただされたが、浩太は雫にだけは知られたくないと決して理由を話さなかった。だが、誰かから噂でも聞いのか、雫は浩太に内緒で部活の練習中に体育館に乗り込み、その野原という生徒と対峙《たいじ》したのだそうだ。

雫が周囲の目も気にせず「浩太を傷つけるやつはわたしが許さない」と告げると、恐れをなした野原は逃げるようにその場を去ったという。そのやりとりは多数の生徒が目撃していたらしく、一時期は学校でもかなり話題になった。おかげで、その日を境に浩太への野原の嫌がらせはピタリとやんだ。

私も浩太が一時期、ひどくしょげているのをこの店で実際に目撃してはいた。もっとも、そこからいつの間にか復活した浩太は、見違えるほど以前より強くなったように見えた。まさか、私の知らないところでそのような出来事があったとは。

なにはともあれ、それならば万事解決というわけではないのか。そう思っていると、浩太が、でも、と続ける。

「その野原ってのは、本当にたちの悪いやつなんだよ。プライドを傷つけられたあいつはさ、ずっと雫を恨んでて、復讐の機会を狙ってた。雫はちっとも気にしてなかったけどね。でも俺はずっとヒヤヒヤしてた。だから、あいつが卒業するまでは、雫になにかしないかずっと気を張って用心してたんだ」

「だが、その野原はもう卒業して学校にはいないんだろう？」

「うん。でも俺が甘かった。あいつはもともと親が地主のボンボンで、やたら金払いがいいのもあって、取り巻きだけは多いんだ。自分が得な思いができるならなんだっていいっていう、腐ったやつらだよ。俺たちの学年にもそういう、やつの取り巻きが何人かいる」

浩太が荒れている唇をきつく噛む。

「そいつらの誰かが、きっと雫を階段から突き飛ばしたんだ」

外は変わらず強い風が吹いていて、扉をガタガタと鳴らした。私は声を落として、浩太に諭《さと》すように言った。

「ただの推測で滅多なことを言うもんじゃない。なにも証拠はないんだろう？」

「証拠はない。だけど！」

浩太が突然叫ぶように言って、カウンター越しに私を睨《にら》むように見る。

「だけど、雫が落ちた階段を見れば一目でわかるよ。校舎のただの二十段くらいの階段だよ？　足を踏み外したからって、頭から落ちたりなんてしないよ、あんな場所」

「だから、その野原というやつの取り巻き連中の誰かが押したというわけか？」

「もしかしたら、ちょっと脅すくらいのつもりだったのかもしれない。野原にもそいつらにも、相手に大怪我させるような度胸があるとは思えないし。実際、俺への嫌がらせだって、運動靴をゴミ箱に捨てるとかくだらないものばかりだった。でも、雫はそれで運悪く大怪我した。死んでたかもしれないんだよ！」

浩太をこれ以上興奮させたくなくて、私は腕を組んで努めて冷静に言った。

「だけど、雫はそうは言ってない。ただ自分で落ちたと言ってる」

「……そうだよ。あいつは俺がそれを知ったら犯人を捜し出して、復讐するってわかってるから言わないんだ」

「つまり、おまえのために黙っていると？」

「それしか考えられないよ。俺、体育大に推薦決まってるし、ここで騒ぎ起こしたら全部パアになる。そうさせたくないと思ってるんだ、あいつは。ずっとフラフラしてた俺にやりたいことができて、あいつ、口には出さないけどめちゃくちゃ喜んでくれてたから……。でもそんなの、俺、どうでもいいよ。悔しいよ。本当はいますぐにも犯人捜し出して、ボコボコにしてやりたいって思ってる。だけど、雫はそんなことを望んでないから……」

そう言って再び俯いてしまう浩太を見下ろしながら、私は大きく息をついた。

浩太の話は推論でしかないと思いながらも、胸のどこかで、それが真実なのだろうと全てが腑《ふ》に落ちるような気持ちだった。

最初から、おかしなことはあった。事故直後から、妙に明るかった雫。トルンカで働くのが生きがいとまで言っていた娘が、三週間の入院を強いられて恨み言ひとつ言わない。そして、浩太の話題を出されるのを、あからさまに避ける様子。

おそらく娘は、私が病院に着いたときには、もう決めていたのだ。

このことは絶対に誰にも言わない、と。

なんのために？　浩太を守るために決まっている。あいつにとって、浩太は私たち家族と同じくらい大切な存在だから。

我が娘ながら、まったく、なんてやつなんだ。あの性格だ。私が問い詰めたところで、絶対に認めたりはしないだろう。

泣きたいのか笑いたいのか、よくわからない感情が胸に押し寄せてくる。

「もし、おまえの言ってることが本当なら」

じっと黙っていた私が口を開くと、浩太が顔をあげた。

「おまえは雫の気持ちを無駄にしちゃいけないよな。それに、おまえは自分のせいだって言うけど、それはとんだ勘違いだ。仮におまえの予想が真実だったとして、全てはあいつが招いた出来事だ」

「だけど、俺を守ろうとしなければ、こんなことに……」

私は浩太の言葉を遮《さえぎ》って言った。

「なら、自分がターゲットにされると事前に知ってたら、あいつが体育館に乗り込むのをやめたと思うか？　おまえが傷ついてるのを見て、ずっと見て見ぬふりしてたと思うか？　おまえが止めていたら、おとなしく従ったと思うか？　俺には、あいつがこう言うのが目に浮かぶよ。『そんなの知ったこっちゃない！』ってな。おまえが誰よりもそのことは知っているだろう？」

浩太が肩を震わせて静かに泣き出した。私はカウンターを回って隣に座ると、その丸まった肩にそっと手を回した。

「……俺、どうしたらいいの？」

「なにも知らないふりしていればいい。いつもの明るくてお調子者の浩太でいろ。それが、雫が一番望んでることだろう」

「そんなの難しいよ」

「ああ、わかるよ。それは難しいな。でも、そうするんだ。雫のことが大切だと思うならな」

浩太が顔中を涙で濡らしながら、私を見る。私にとっても家族も同然の存在。浩太のそんな泣き顔を見るのは、切ないしつらい。少しでも楽にしてやりたかった。

「なんでマスターはそんなにやさしいの？　俺、雫が怒ってくれないからマスターに代わりに怒ってもらいたくて来たんだよ。なのに、そんなやさしくされたら意味ないよ。俺のこと、ぶん殴ってよ。大事な娘、傷つけられたって怒ってよ」

「悪いな、浩太。俺はこんないかつい顔していても、腕っぷしのほうはてんでだめなもんでな。でかくて頑丈なおまえを殴ったら、俺の拳のほうが砕けちまうよ。なにより、そうしてつらい思いを打ち明けてくれたおまえに、そんな仕打ちはしたくないんだ」

でもな、と私が続けると、浩太が救いを求めるように目を見開く。

「もしおまえがそれでも申し訳ないと思うんなら、雫を守ってやってくれ。この先、ずっとなにがあっても、雫の味方でいてやってくれ。あいつは危なっかしいやつだから、なにをしでかすかわからない。でも、そんなときおまえがいてくれたら、安心だ。どうだ、約束できるか？」

私の言葉に、浩太は覚悟を決めるように大きく深呼吸してから、乱暴にスウェットの袖で涙を拭った。

「約束する」

「よし、ならもうこの話はなしだ」私は浩太の背中をパンッと叩いて言った。「おまえも帰って寝ろ。そして明日から、いつもの浩太で学校に通ったり、ここに来たりしろ。なんにも知らないふりして雫の見舞いにも行ってこい。それが、明日からおまえがすべきことだ」

すでに強風もだいぶおさまっていた。二人一緒に外に出て、家へ帰っていく浩太を見送った。

いつの間にかずいぶん成長したその背中を見ながら、私はふと自分の心がすっかり決まっているのに気がついた。つまり明日、敏子に会ってなんと話そうかと悩んでいたことが。

全ての迷いが晴れて、不思議なほど私の心は雲が晴れたように澄み渡っていた。

「ありがとうな、浩太」

去ろうとする背中に私は声をかけた。

「え？」

「勇気を出して打ち明けてくれて。おかげで心が決まった。俺もおまえみたいに勇気を出して、ただ自分の気持ちを伝えてくるよ」

「はぁ？　言ってることぜんぜんわかんないよ」

浩太が困惑したように言う。だが、その顔は来たときに比べれば、ずいぶん明るくなっていた。そうだ、それでいい。私の言葉も少しは役に立ったということか。

「わからなくていい。だが、礼を言わせてくれ。ありがとう、浩太。気をつけて帰れ」

浩太の姿が見えなくなると店内に入り、しっかりと戸締りをした。タバコが吸いたかったが、今夜は気分にそぐわない気がして我慢した。さっきまで浩太が座っていた席に座って、ぼんやりと思う。

ずっと小さな女の子だと思っていた雫。だが、いつの間にか雫はとても強くなっていた。おそらく私なんかよりも、ずっと。私は娘のことが、誇らしかった。

伝えるべきだ、雫に全てを。いまのあの子なら、ちゃんと受け止められる。そして私も、娘を言い訳に事実から逃げるのは、やめにしよう。

たとえ痛みを伴うとしても、もう一度家族をはじめるために。

「どうしたの、改まって話がしたいなんて」

トルンカからさして離れていない小さなお寺。その緑豊かな一角に菫は眠っていた。私は敏子を墓参りに誘い、そのうえで少し話がしたいと切り出したのだった。

困惑した様子の敏子に、まずは言った。

「とりあえず菫に顔を見せないか？」

「え、ええ、そうね」

私たちは菫の眠る墓石の前で並んで、手を合わせた。ここに夫婦二人で来るのは、はじめてのことだ。いつもは雫がいるか、もしくはひとりずつでしか来ない。いささか感傷的すぎるかも知れないが、菫が私たちの仲を心配して休めないのではないかと心配で、二人で来て安心させてやりたかった。

「二人だけで菫に会いにきたのって、はじめてね」

敏子も同じことを感じていたようで、そんなことをぽそりと口にした。

そのあとで我々は、境内《けいだい》のベンチに少し距離を置いて座った。大きなイチョウの木がすぐ横に立ち、もうだいぶ葉は黄色く色づいていた。

「急に呼び出してすまないな」

「それはいいんだけど……」

私の心が決まったとは言え、敏子には突然の話だ。当然なのだろうが、彼女の心にはかなりの抵抗があるようだった。

「さっきも言ったが、少し話をしたいんだ」

「でもなにも菫のお墓の側でなくたって」

「いや、菫の側でこそ話したいと思ったんだ」

私はひとつ息をすると、早口に告げた。

「俺たち、もうずっと長いこと、本当の自分で話してないよな。でももう、終わりにしたいんだ」

敏子が顔があげて、どこか自嘲気味に微笑んだ。

「終わりにする？　離婚したいってこと？　そう……。いつかあなたにそう切り出されても仕方がないと思ってた。だから、ええ、覚悟はできてるわ」

私は慌てて否定した。

「違う。そうじゃない。どうしてそう思うんだ。その逆だ。俺たち、もう一度一からやり直せないかな」

私の提案が予想外だったらしく、敏子は目を見開いて一瞬こちらを見て、それから恥入ったように視線をそらした。

「……私は、あなたに言ってはいけないことを言ってしまったわ」

言葉にしなくても、彼女がなんのことを言っているのかはわかった。

――菫は、あなたの娘じゃないものね。あなたに大切な我が子を失った私の悲しみはきっと一生わからないわ。

あのときの言葉が、ベンチに座る私と敏子を隔てる空間に、はっきりと横たわっているのを感じる。

「あれを口にした瞬間、自分はもうあなたと一緒にいる資格はないと悟ったの。自分がこのまま一緒にいれば、さらに家族を引き裂くようなことを言いかねない。そう思ったら、自分が恐ろしくてたまらなくなったの」

「君はあのとき、とても傷ついていた。普通の精神状態じゃなかったんだ。飲んでいた抗うつ剤の副作用で攻撃的な性格になる場合もあると、医者も言っていただろう？　君は菫を理不尽な形で失ったうえに、自分も心の病気になって、人を慮る余裕がなかった。だが、俺も未熟だったから、君にあんなふうに言われて、一緒に悲しむことができないことにひどく傷ついたし、腹も立てた。つらかったのは、君のほうだったのに。すまないと思ってる」

敏子は、あなたが謝る必要はない、と激しく首を横に振った。それから泣くのをこらえようとしているのか、ゆっくりと深呼吸して息を整えようとした。

「たとえどんな言い訳があろうと、私があなたと雫から逃げた事実は変わりないわ。あなたが菫をどれだけ愛して、大切に育ててくれたか知っていたのに、あんなことを言ってしまった、そんな自分が許せなかったし、怖かったの。いつも心が大波にさらわれたみたいに荒々しくて、自分じゃ制御できなくて、それを鎮《しず》めるだけで毎日くたくたになってしまって……。でも海外でボランティア活動に夢中になっていれば、そんな気持ちを忘れていられたし、楽だったの」

「逃げたなんて思わなくていい。君には時間が必要だった。それだけのことだよ。そのことは俺も雫もちゃんとわかっている」

それでも敏子は顔をあげようとしてくれない。地面に落ちたイチョウの葉の影を、じっと見つめている。

「本当のことを言うとね、私はあなたにずっと後ろめたさを持っていたの」

「後ろめたさ?」

意味が理解できず訊ね返した。

「だって、私は、ひとりの未来ある青年をある日突然、よく知りもしない女の子どもの父親にさせてしまったのよ? こんな勝手な話ってないでしょう?」

「それは違う。いや、それどころか結果的に、それですべてうまくいったじゃないか」

私の言葉に敏子が、ちらりと顔をあげる。

「それまでが嘘みたいに毎日が幸せだったわ。でもときどきふと我に返って、自分はあなたの人生をひどく捻《ね》じ曲げてしまったんじゃないかという思いに襲われることがあったの。そういう罪悪感は、どれだけ消そうと思っても心の奥にずっとあった。あのとき、あんなふうにあなたが傷つく言葉を吐いてしまったのは、その罪悪感からだって、あとで自分を冷静に見つめられるようになってから気がついたの」

まさか、そんなふうに敏子が思っていたとは。彼女には彼女の思いがあった、でもそれは私の認識とはまるで違っていた。しばらく絶句してしまい、私がやっと口を開けたのは数秒経ってからだった。

「違うよ。君は俺を父親にしてくれたんだ。一生、人とうまくやれないと思って生きてきた俺に家族をくれたんだよ。俺の人生は、やっとそこからはじまったんだ」

それが私の嘘偽らざる気持ちだった。

「あの夜、君が俺のアパートに会いにきてくれなければ、俺はきっとさみしい人生を送っていた。家族もおらず、喫茶店のマスターになることさえきっとなかった。君は俺を救ってくれたんだよ……。それだけはわかってほしい。俺は君にとても感謝しているんだ」

誰もいない静かな秋の境内。敏子はとうとう肩を震わせて泣き出した。懸命にこらえようとしながらも、涙が彼女の膝に置いた手の甲にぽたぽた落ちる。

私はそんな彼女に、精一杯やさしい声で語りかけた。

「君は自分が家族を壊してしまったと責めているようだけど、それは違うと思う。君だけが逃げたわけじゃない。あのとき、俺も逃げたんだ。君に言われた言葉は、本当は俺の心の中にも残っていた。自分でも気づかないふりをしてきたけれど、ずっと君を許せない気持ちを心の中に抱えていた。それでいつも無意識に君を遠ざけるような態度ばかり取ってしまっていた」

それが私の本心だった。彼女を前にする度、寄り添いたいと思う気持ちと裏腹に、胸の奥に感じていた障壁のようなもの。ずっと見ないふりをしてきた。だが、滝田さんが教えてくれた。痛みを恐れて、そこから目をそらしていては前に進めないのだと。

「言わせてくれ。俺はあのとき、深く傷ついた。俺は、菫を自分の子どもとしてずっと大切に育ててきた。愛してきた。そのことを疑ったりしたことはない。それが、俺の誇りなんだ。その気持ちを一番わかってくれていると思っていた君に否定されて、とても傷ついた。自分の人生すべてを、否定された気持ちになった」

「ごめんなさい。あなたを傷つけてしまって、ごめんなさい」

敏子が顔を覆ってより激しく泣き出した。

「本当のことを言うと、俺は心のどこかでは君を許せないでいる。だけど、許したいと思っている。君のためじゃなく、自分のために。だって、君は俺にとって大切な人だから。俺に生きる意味を与えてくれた人だから」

だからどうか、と私はベンチから立ち上がって言った。

「君にトルンカに戻ってきてほしい。頼むから、戻ってきてくれ。あの場所に君がいないのは、もう耐えられない。俺にも雫にも、君が必要なんだよ」

「でも、怖いの。あなたをまた傷つけたりするんじゃないかって」

「それはお互い様だよ。誰だって望んでいなくてもときには人を傷つけることがある。でも、大切な相手だからこそ、そこから逃げたらいけない。向き合って、ときには傷つけたり傷ついたりしながらも、やっていくのが家族ってもんだろう？　なにかあっても、一緒に乗り越えればいいんだ。大丈夫だ、きっと俺たちならできるよ」

私は彼女の前にしゃがみ込むと、膝の上に置かれた手にそっと自分の手を重ねた。この何年もずっとそうしたかったのにできなかったことが、ようやくできた気がした。

敏子が、小さく頷いてくれた。私が笑いかけると、涙で頬を濡らしたままぎこちなく笑ってくる。

胸の中に熱いものが込み上げてくる。涙が一粒自分の目から落ちた。私は何気ない振りでそれを拭ってから立ち上がった。

「雫にも、すべて話してもいいかな?」

敏子が「え?」とさっきまでの笑顔を引っ込めて驚いた顔をする。それも当然だ、つい一週間前、二人で話したのと真逆のことを私が言い出したのだから。

だが、あの夜、浩太に怪我の真相を聞かされたときから、私の心は決まっていた。雫に話すべきだ、いや、話したいと思った。大事な家族だからこそ。

敏子が狼狽《ろうばい》して言った。

「すべて話すって、私があなたに言ってしまった言葉まで? そんなことを伝えたら、あなたと菫の血がつながっていないこともわかってしまうわ」

「ああ。でも雫に俺たちの行き違いを理解してもらうためには、きちんと事情を話すべきだと思う。ずっとあいつにつらい思いをさせてきてしまったから、正直に打ち明けたい」

「つらい思いをさせたからこそ話さないって、この間、二人で決めたじゃないの」

そう抵抗する敏子に、私は雫が怪我を負った本当の理由を話して聞かせた。そして、その裏にあった覚悟を。

険しかった敏子の眉間《みけん》の皺が、話しているうちにだんだん消えていった。

「……私たちの娘は、いつの間にかずいぶんたくましくなったのね」

最後には、敏子も笑って言った。

「ああ、本当に。あいつは俺たちが思っているより、ずっと強い。俺たちの娘を信じよう。あの子なら、大丈夫だ」


その日から二週間後の、雫の退院日。その日は店の定休日だったこともあり、敏子と二人で迎えに行き、諸々の手続きを済ませてから夕方に家に連れ帰った。

雫がトルンカに戻ってきたのは、実に三週間ぶりのこと。肩を貸していた敏子がテーブル席まで連れて座らせてやると、雫は目を瞑って店内の空気を吸い込んでから、心からうれしそうに笑った。まるで、長いこと離れ離れだった恋人に再会したような喜びようだ。

「あー、入院生活長かったなあ。やっぱりわたしはここにいるのが一番落ち着く。おまけにお母さんまで一緒だし、案外、足の骨折ったのも悪くなかったかもね」

そうは言っても、当分は車椅子と松葉杖での生活、リハビリのための病院通いもあるので店には出られない。しかし、「しばらくはお客として楽しませてもらうとする」となぜか偉そうだ。

そんな子どもっぽい雫の様子を見ていると、あの夜、浩太に聞かされた話がなんだか嘘みたいに思えてくる。

「なあ、雫」

「うん？」

テーブル席から澄んだ眼差《まなざ》しが私を見つめてくる。私はその目を数秒見つめてから、ゆっくりと首を振った。娘は決めたのだ。ならば、なにも聞くまい。

「……いや、なんでもない。もう歩きながらボッーとしたりするなよ」

「へーい。気をつけます」

敏子がこちらに確認を求めるよう目線を向けてくるので、私は頷いてみせた。

雫に真実を伝えようと決めたあと、敏子は自分から伝えさせてほしいと頼んできた。私は最初反対したのだが、最後まで彼女は譲らず、結局私が折れることになった。こういう頑固な性分もまた、雫は確実に受け継いでいる。

「ねえ、雫。少し話があるんだけど」

敏子が雫の隣の席に座って、その手を取る。

「え、なに？　改まっちゃって」

「あのね、聞いてほしいの……」

敏子は時間をかけて雫に全てを話した。私たちの出会いと再会、菫が生まれた経緯、そして菫が亡くなって絶望していたときに、敏子が私に言ってしまった言葉。それが私たち夫婦の間を隔ててしまったこと。そして、私たちがやり直すことに決めたこと……。

窓の外の夕暮れが少しずつ青く染まり、やがてすっかり暗くなって街灯が灯りはじめても、敏子の話は終わらなかった。

最初こそ雫は動揺していて話にも集中できないようだった。が、敏子の思いが伝わったのか、途中からは目に涙を溜めながらも真剣に話に耳を傾け、最後にはわっと顔を覆って泣き出してしまった。

「ごめんね、突然こんな話をして」

敏子が謝ると、雫は突然顔をあげて勢いよく彼女に抱きついた。そうしてしばらく抱擁を交わしたあとで、静かに言った。

「……ううん。話してくれてありがとう。ずっと話せなくてつらかったんだね、お母さんは」

「話したらあなたを混乱させ傷つけてしまうと思ったの。でも、雫はもう大丈夫だってお父さんと話し合って、打ち明けようって決めたの」

「うん、大丈夫。すごく驚いたけど、でもそれよりも話してくれたことのほうが素直にうれしい。もうこれで解決だね？　お母さんは帰ってくるんだね？」

敏子も泣きながら、雫をきつく抱きしめ返す。

「でもね、一個言わせて？」

雫が敏子の肩越しに私を見て言う。

「なんだ？」

「いまの話を聞いたあとでも、お父さんとお姉ちゃんが最高の親子だったってわたしの感想はやっぱり変わらないよ」

「……ああ、俺もそう思う」

雫の思いがけない言葉に、胸が熱くなる。

私の選択は間違っていなかった。そのことに、深く安堵《あんど》した。もしも浩太があの夜訪ねてこなければ、雫に真実を伝える決意などできなかっただろう。勇気を出して話してくれた浩太にも、心の中で深く感謝する。

私はいつもの定位置に立って、ようやく身を離した妻と娘に言った。

「よし。コーヒーを淹れるとするか。敏子も俺の淹れたコーヒー、ずっと飲んでないだろう」

「うれしい！　あなたの淹れたコーヒー、実は夢でも見るくらいずっと飲みたかったのよね。あ、でも雫はコーヒー、苦手でしょ？」

「ふふ、もうコーヒーなら飲めるようになったよ。まあ、わたしもそれだけ大人になったってことよ」

と、雫が偉そうに胸を張り、敏子が声をあげて笑った。

私は準備に取りかかる。お湯の温度は九十二度きっかりに。カップはあらかじめ熱湯で温めておく。外では完全に夜が訪れ、店のランプが一層きらきらと光り輝き出す。ミルで挽《ひ》いたコーヒー粉に湯を注げば、ふわりとコーヒーの香りが店内を包み込む。

淹れ終わったコーヒーを雫と敏子、そして自分が座る席の前に置く。それから、私の隣の空席にも同じくコーヒーカップを置いた。

「あれ、そっちのは？」

空席の前でほのかに湯気を立てるカップを見て、不思議そうに雫が訊く。

「これは菫のだ。あの子は俺の淹れるコーヒーが好きだっただろう」

私が答えると、雫がにっこり頷く。自然と三人の視線がそのカップに集まる。

ランプの淡い光を浴びて飴色に輝くコーヒー。菫がその液体が入ったカップに、そっとその白い手を伸ばすところが目に浮かぶ。

まるであの子が、ここにいるようだ。私の隣、手を伸ばせば触れられそうなほど側に。

二人も同じ考えだったのか、静かに微笑みを浮かべたままで、じっとカップを眺めていた。

言葉に出さないでも、三人が同じ気持ちを共有しているのが伝わってきた。もうひとりの愛する家族に、私たちはそっと想いを馳《は》せていた。

もう体はなくなってしまったが、それでも菫は私たち家族の中でちゃんと生き続けていた。この店で、生き続けていた。

話せなくなっても、触れることができなくなっても、消えてしまったわけではない。娘はちゃんと、ここにいる。

長い沈黙のあとで、敏子がカップをそっと持ち上げて一口飲んだ。

「美味しい。やっぱりあなたの淹れるコーヒーは格別ね」

私を見て、彼女はにっこりと微笑む。

私も彼女をまっすぐに見て、微笑んだ。


翌週の月曜日。再就職活動のために店を卒業することになった宇津井君に代わり、敏子が店に出てくれることになった。そして雫は今日からしばらくは車椅子でバスに乗っての登校となる。

私と敏子が開店準備、雫が学校に行く準備をしていると、カウベルが力強く鳴り、高校の制服姿のよく知る顔が現れた。

「よう、マイハニー。久しぶり」

「あー、朝からうっとうしいのが来た」

怪我が治るまでの雫の送り迎えの役割は、浩太にすべて任せてある。もっとも当の本人の雫だけはまったく乗り気ではないようだが。

「俺に会えなくてさみしかったか？　見舞いにも呼んでくれないしさ。冷てえと思わない、おばちゃん？」

浩太に言われて敏子が「ほんとねえ」と同意しながらくすくす笑う。

「あんたに入院中の姿なんて見られたくないし。つうか、本気でこれから毎朝迎えに来るつもり？　別にひとりでも行けるし」

「そう言わず、俺に任せておけって。なんならお姫様抱っこで学校まで連れてってやろうか」

「朝からゲロ吐かせないでくれる？」

「まあさ、こんなときくらい素直に俺を頼ってくれてもいいんじゃね？　なんのために幼馴染の俺がいると思ってんの？」

雫が、ふんと胡散《うさん》臭そうに浩太を横目で見て言った。

「……まあ、あんたがそう言うなら頼ってやらなくもない」

「素直じゃねえなあ。せっかくおばちゃんも戻ってきたんだし、もっとニコニコできねえの？」

私と敏子は、そんな二人のやりとりを苦笑しながら見ていた。

ふいに浩太と目が合う。浩太が一瞬だけ真顔になって頷いてくる。私も黙って頷き返す。わかってる、というように。

「じゃあ雫、コウちゃん、気をつけてね」

敏子と二人、店の外に並んで雫たちを見送った。今日は雫が学校から帰ったら、常連のみんながささやかな退院祝いを企画してくれている。発案者はなんと、あのルミさん。驚かす狙いもあって、雫にはなにも伝えていない。「寄り道しないで浩太とまっすぐ帰ってこいよ」とだけ念押しして送りだす。

みんなに会いたがっていた雫が大喜びする顔が、目に浮かぶようだ。ついでにまだ敏子と会ったことのない常連さんたちにも、いい機会だからその場で紹介させてもらおうと思う。

吹いてくる風には、もう冬の気配が色濃く混じっている。

「さて、店をはじめようか」

「ええ。あ、そういえば」敏子が店内に戻りながら思い出したようエプロンの前ポケットからなにかを取り出して、差し出してくる。「さっきポスト見たら、絢子ちゃんから絵ハガキが来てたの。雫に聞いたわよ。あの子、いまバックパック旅行中なんでしょう?」

「ああ。ときどき旅先からこうして便りをくれるんだ。これで五枚目だったかな。といっても、いつも偉人の格言を一言書いて送ってくるだけだけどな」

「今回もよ。それがなによりの元気な証拠ってわけね」

「どれ、雫が集めてるから同じ場所に飾っておこう」

ハガキを受け取って眺めてみる。どこか海外のきれいな海岸の写真。ひっくり返すと、宛名の横に、彼女お得意の格言が跳ね上がるような文字で書いてある。

〈再会とは、人生における一番身近な奇跡である〉

読んで思わず、ほう、と声が出た。聞いたことはないが、これは一体、誰の言葉だろう。

ここトルンカで、私自身、幸運にもそんな再会の場面を目の当たりにしてきたように思う。

願わくば、この店がこれからもそんな身近な奇跡があふれる場所でありますように。この場所で人と人がのんびりかかわりながら、ときには一杯のコーヒーが奇跡のような出来事を運んできてくれますように。

私はそんな願いを込めつつ、絵ハガキをレジ横のボードに画鋲《がびょう》で留め、気合いを入れるためにエプロンを締め直す。

カランコロン。ショパンの甘い旋律の流れる中、小気味いいカウベルの音が響く。

今日の最初のお客さんは誰だろう。

もちろん相手が誰であれ、私のすべきことは決まっている。

完璧でなくてもいい。だが、最高の一杯を、その人に届けること。

「いらっしゃいませ」

私は背筋を伸ばすと、扉から現れた人物を出迎えた。

解説

菊池亜希子

あぁ。とうとう読み終わってしまった。できることならば、トルンカという喫茶店が存在する世界の中に、ずっとずっと浸っていたかった。こんな桃源郷《とうげんきょう》のような喫茶店が実際にあったらいいのに。いや、あるかも知れない。きっとあるはずだ。そんなことをぐるぐる考えながら、私は頭の中に谷中《やなか》の街を思い浮かべる。

細い路地の突き当たりにある、蔦《つた》に覆われた三角屋根の古い建物。ギィと扉を開けると、カウンターの向こうで強面《こわもて》の、だけどとても優しいマスターがこちらに気づいて小さく微笑《ほほえ》む。しばらくぶりだけど、マスターはいたって普通にいつものトーンで迎えてくれる。私はカウンターの端っこに滑《すべ》り込み、ホットのカフを注文する。ここは滝田《たきた》おじいちゃんの特等席だけど、私もこの席が好きなのだ。ミルク多めのカフェオレ私の前にコトンと静かに置かれる、と同時にドアが開き、滝田おじいちゃんがら近づいてくる。「全然顔出さないんだもんなぁ〜」「すいません、なんだかバタバタと小忙しくて」という私たちのやりとりに、「姿を見せないのは元気に頑張ってる証拠」と笑うマスター。あぁ、沁《し》みるなぁ。ここのところ何だか調子が出なかったのは、この時間が足りていなかったからだ。私は、滝田じいにカウンターの特等席を譲り、席を移動する。マスターと滝田さんの声を遠くに聞きながら、ふうと息をつく。駱駝《らくだ》色に染まった天井《てんじょう》を眺めながら、静かなざわめきの中で私は一人になる。最高に温かい、ひとりぼっち。

私は当然のことながら、トルンカという喫茶店を訪れたことなんてないし、立花《たちばな》マスターとも滝田じいさんとも面識なんてない。それなのに私の中には、存在するはずのないトルンカでのひとときが、くっきりと映し出されている。

喫茶大国〝岐阜〟で生まれ育った私にとって、喫茶店は日々を生き抜くうえでなくてはならない存在だ。私は雫《しずく》と同じく〝珈琲〟という飲み物が得意なわけではないのだけど、私の体はいつだって細胞レベルで喫茶店を欲していて、そこに理由なんてない。ただ、好きなのだ。本の中で描かれている立花マスターの仕草や表情を、珈琲をドリップするようにムクムクと膨《ふく》らませてみると、そこによく知った顔が重なる。「立ち位置の格好良さっていうのは、捨ててきたものの大きさだ」「何事も一生懸命選ぶ、それが人生」「お客さんの反応が嬉しいから続ける、それがこだわりになる」「1を聞いて10までわかった気になっちゃダメさ」「お客さんが出す空気がお店を作るんだ」……。私がこれまでに出会ってきたマスターたちの顔や言葉が、ひとつ、またひとつと湯気《ゆげ》のように浮かび上がってくる。それぞれ全く別のマスターから発せられた言葉だけど、それらの言葉は全て矛盾《むじゅん》なく私の中に生きている。喫茶店のマスターは寡黙《かもく》な人が多い印象があるけれど、勇気を出してノックしてみると、「見せるものなんてないけどさ」なんて言いながら、扉を開いてくれる。そこには、当たり前だけどひとつとして同じものはない物語が広がっていた。

人にはみんな物語がある。誰に見せるでもなく、誰もが日々物語を紡《つむ》いでいる。ふとした瞬間それらが交錯し、互いの物語の中に登場する。それって実は物凄《ものすご》い奇跡なんじゃないかと思う。純喫茶トルンカを舞台に紡がれる幾つもの物語には、いつもの知った顔が何度も登場するのだけれど、同じ人物や同じ瞬間であっても誰の目線で語られるかによって、見え方や印象が少しずつ変わるのが面白い。全く別物のようだとかそういうことではなく、光の当てかたによって浮かび上がるシルエットが変わるみたいな感じ。『傷だらけのハリネズミ』ではハリネズミのように威嚇《いかく》し虚勢を張って生きる田所《たどころ》ルミの〝本体〟部分にようやく辿《たど》り着けた回だった。だけど私は、前作に収録されていた浩太《こうた》の物語『シェード・ツリーの憂鬱《ゆううつ》』を読んだ時点で、彼女のことが大好きになっていた。だから、今回彼女自身の物語を知れたことで〝好き〟がより立体的になったけれど、たとえ深く知らなかったとしても、変わらず彼女のことは好きだろうなぁと思う。

トルンカを訪れる人々の物語を、前作と前々作も含めて全て見守ってきた私は、彼らの物語の中に知った景色を見ていた。滝田じいさんの後悔、久子《ひさこ》ちゃんの傲《ごう》慢《まん》さと臆病さ、立花マスターの実直さ、浩太の溢《あふ》れそうなコップ、敏子《としこ》さんの不器用さ、雫のシンプルな強さ…。ああ、このきもち、知ってる。この闇も、この光も。私はいつかどこかで、私の中に、誰かの中に、見たことがあるような気がした。トルンカは桃源郷のようだと冒頭で書いたけれど、本を閉じトルンカをあとにして思うのは、今私が立っている場所とトルンカがある世界は地続きだってことだ。私は〝読者〟という視点を手に入れたことで、彼らのそれぞれの物語を深く知ることになったのだけど、トルンカで普段顔を合わせている彼らが全員お互いの物語を深く知っているわけでは、もちろんない。全てをさらけ出して、自分のことを話す。相手の物語を知る。そんな場面って、実はそうそうない。だけど、いろんなタイミングや偶然が静かに重なって、想いがぽたりと雫のように溢れる、見過ごしちゃいけない瞬間がある。それが人生ってもので、そして喫茶店とはそういう場所だ。その一方で、深くは知らないけれど紛《まぎ》れもない親愛がふわふわと漂っている場所、それもまた喫茶店だ。

宝物のように大切な、守りたい場所。ミルクたっぷりのカフェオレを一口飲み、ふうーと深く息を吐く。斜め後ろの席で静かに本を読むお客さんの気配、真剣に丁寧に軽やかにドリップするマスター、カウンターの端でマスターの所作をぼんやり見つめる常連さん、ミシェル・ルグランのピアノ。言葉を交わすことがなくたって、今この瞬間、私たちの物語はたしかに交錯している。この場で、全てさらけ出す必要なんてない。お互いのことをほとんど知らなかったとしても、この場所で過ごす時間を愛しているということは一致している。それだけで十分だ。深くは知らない、だけど不思議な親しみを感じている背中から滲《にじ》み出る物語に、そっと想いを馳《は》せる。ふと気づけば、その想いはふわりトルンカへと向かう。あそこには、まだまだ私の知らない物語がある。敏子さんが背負ってきたもの、菫《すみれ》ちゃんが窓際の席から見ていた景色、マネージャー河井《かわい》さんの想い、絢子《あやこ》ねえちゃんがバックパックに詰め込んだ景色……。またいつか、そっと見守ることができたら。たとえ見れなくたって、あの場所で出会った人たちの物語が今も紡がれているのだと想像しただけで、満たされていく。やっぱり喫茶店って、日常と地続きにある桃源郷だ。たくさんの物語が溶け込んだカフェオレをぐいっと飲み干し、「また来ますね」とマスターに挨拶して席を立つ。さあ、私の物語へ戻ろう。

二〇二四年　九月

この作品は徳間文庫のために書下されました。
なお本作品はフィクションであり実在の個人・団体などとは一切関係がありません。

徳間文庫

純喫茶トルンカ

最高《さいこう》の一杯《いっぱい》

2024年10月15日 初刷

著者 八《や》木《ぎ》沢《さわ》里志《さとし》

発行者 小宮英行

発行所 株式会社徳間書店

東京都品川区上大崎三―一―一 〒141―8202
目黒セントラルスクエア

電話 編集〇三(五四〇三)四三四九
販売〇四九(二九三)五五二一

振替 〇〇一四〇―〇―四四三九二

印刷
製本 株式会社広済堂ネクスト

ISBN978-4-19-894970-9 (乱丁、落丁本はお取りかえいたします)

徳間文庫の好評既刊

寺地はるな

雨夜の星たち

「できないことは、できません。やりたくないことも、やりません」他人に感情移入できない二十六歳の三《み》葉《ば》雨《あま》音《ね》は、それを長所と見込まれ、お年寄りの病院送迎やお見舞い代行の「しごと」をはじめる。聞き上手な八十代セツ子、手術の付き添いを希望する四十代の好美など依頼人は様々。空気を読まない三葉だが、行動に変化がみられていく——。めんどうだけど気になる三葉から目が離せない。